Patrick Salmen
Und draußen die Welt

Und draußen die Welt

Patrick Salmen

Kurzgeschichten & Miniaturen
2008–2013

Erste Auflage 2020

Alle Rechte vorbehalten
Copyright 2020 by

Lektora GmbH
Schildern 17–19
33098 Paderborn
Tel.: 05251 6886809
Fax: 05251 6886815
www.lektora.de

Druck: BALTO print, Vilnius
Covermotiv: Olivier Kleine, olivierkleine.de
Covermontage: Olivier Kleine, olivierkleine.de
Lektorat: Denise Bretz, Lektora GmbH
Layout Inhalt: Denise Bretz, Lektora GmbH
Printed in Lithuania

Bei den meisten Texten handelt es sich um neue Fassungen von Texten, die bereits in folgenden Büchern erschienen sind: *Distanzen*, *Tabakblätter und Fallschirmspringer* und *Das bisschen Schönheit werden wir nicht mehr los*.

ISBN: 978-3-95461-166-9

Inhalt

Vorwort 11
Der Bahnhof 12
Ach, unser Ludwig 16
Der Mann aus dem Erdgeschoss. 17
Niemandsort 21
Sei still, alter Mann 22
Eine kurze Geschichte vom Glück 26
Das Fenster 27
Erin 31
Anthrazit 33
Häuser. 34
Das Klavier 36
Joseph 37
Kalkschalen 40
Der Fortgang der Symmetrie 41
Entrückung 45
Die Poesie des Teebeutelschlackerns 46
Das bisschen Schönheit werden wir nicht mehr los . . . 47
Das Schachspiel. 50
Die Geräusche des Glaubens. 51
Acryl auf Leinwand, 50 x 70 55
Blaue Noten und leiser Zweifel 57
Kardamom 60
Herzkranzgefäße. 62
Ein Schauspiel. 64
Wellblechblüten. 65
Der Besucher 68

Vom Wachen und Schlafen 69
Distanzen 71
Der Hochsitz 76
Tabakblätter und Fallschirmspringer 77
Zucker 81
Der Leuchtturm 82
Im Spiegel 86
Die Dame mit dem roten Hut 87
Seiltänzer 91
Der Tag, an dem Herr Jakob vom Fenster verschwand . 92
Drei Männer in der Trinkhalle 97
Wer weiß das denn schon? 98
Manches bleibt 100
Signaturen 103
Acht Millionen 104
Zaunkönige 109
Nylon 110
Zeit und Benzin 112
Einsichten eines herabstürzenden Mannes 115
Nordwind 116
Moskau, linke Hand 120
Was kann denn ich dir noch vom Schnee erzählen? . . . 123
Die Pfahlsitzer von Reykjavík 128
Eine kurze Geschichte vom Verschwinden 129
Die Zisterne 133
Erwartungen 134
Das Portrait 136
Ein gewöhnliches Leben 137
Leerstellen 140
Jemand 141
Beschluss 143
Ein feiner Herr 145
Lebendige Statue 147
Istanbul 148
Und draußen die Welt 150

Radio	153
Kranburg	154
In der Straßenbahn	160
Bordsteintexturen	161
Hände	164
Gießkannen sind grün	165

BEIM BLICK NACH OBEN

Übliches: Äste, Wolken, Leitungen.
Wolken, langsam,
in sich gekehrt. Als suchten sie
Heimat und fänden
bloß Himmel.
Himmel, der sich öffnet
Und dann schließt.

(Lydia Daher)

„Einer geht jahrelang jeden Tag, bei jedem Wetter auf einen Berg, nach Feierabend, drei Stunden Marsch, und trägt jedesmal einen großen Stein mit sich. Nach vielen Jahren hat er eine riesige Pyramide gebaut. Er äußert sich nicht dazu und möchte nicht darauf angesprochen werden."

(Peter Bichsel)

Vorwort

Lieber Leser, liebe Leserin,

folgende Miniaturen und Kurzgeschichten stammen aus dem Zeitraum von 2008–2013. Die meisten Texte erschienen bereits in meinen ersten drei Büchern. Für diese Neuauflage habe ich sie überarbeitet und neu zusammengestellt.

Wie wahrscheinlich jeder Autor von sich behaupten würde, hat meine Art, zu schreiben, sich in den letzten Jahren deutlich verändert. Vielleicht weil das Schreiben damals ein wesentlich unbefangenerer und ungefilterter Prozess war. Weil man beim Versuch, das Leben in eine poetische Sprache zu übersetzen, keine Angst hatte, auch nur ansatzweise ins Verklärende abzugleiten, die Dinge zu überzeichnen oder sich zu sehr in Melancholie zu suhlen. Auch wenn sie mir im Nachhinein ein wenig fremd erscheinen, bin ich wahnsinnig stolz auf diese Geschichten, so schwer es auch fällt, sich das vor lauter Selbstzweifeln manchmal einzugestehen. Ihre Bilder und Leitmotive begleiten mich noch immer.

Für diesen Band habe ich meine persönlichen Lieblingsgeschichten ausgesucht. Dies waren meine ersten Schritte als Autor und der Versuch, eine eigene Sprache zu finden: Geschichten, die sich mit dem Schreiben auseinandersetzen, über das Scheitern, die Faszination von Kränen und Strommasten und die Angst vor dem Vergessen. Geschichten über Väter, die Traurigkeit und den Zauber der Symmetrie. Geschichten über grüne Gießkannen. Vorwiegend über grüne Gießkannen.

Der Bahnhof

Am Rande des Industriegebiets. Horizontkonturen von Fabrikschloten und alten Zechen. Eine verlorene und doch wunderschöne Welt. Es scheint, als liege noch immer ein hauchdünner Film von Kohlenstaub auf den Feldern. Kleingartensiedlungen. Vor lackierten Holzzäunen wachende Gartenzwerge. Lauernde Heckenschützen, schmale Pfade zwischen Holunder und Hibiskus. Doch viele weitere Kilometer entfernt, da gibt es sie nicht mehr: die Gartenzwerge, die Kleingartenlauben, die Menschen. Da gibt es nicht mehr als die Felder. Wenn die gelben und grünen Flächen nicht als Zeichnungen auf den Landkarten existieren würden, dann würde man manchmal glauben, sie seien nur Kulissen, eine Art Fata Morgana, die man nur wahrnimmt, wenn man im Zug sitzt und aus dem Fenster blickt. Verlorene Paradiese. In der Spätsommerseptembersonne glitzernde Roggenfelder. Nur die Gleise und Strommasten erinnern an den Kontakt zu einer fernen Welt, lassen die Illusion von Distanzlosigkeit bestehen. Die Stille ist manchmal nicht mehr als ein Surren.

Die rostigen Gleise der Eisenbahn. Man erzählte den Kindern damals, dass ein einziger Mann die Gleise aus flüssigem Stahl gegossen habe. Er habe sich vorgenommen, alle Städte dieser Welt zu verbinden, denn er fürchtete, sie könnten sich sonst aus den Augen verlieren. Es ist wie bei den Menschen. Manchmal sollte man jemanden an der Hand nehmen, wenn man nicht will, dass er verschwindet.

Dann sei er losgezogen und habe die Schienen gegossen. Ganz alleine, im ganzen Land. Nach vielen langen Jahren sei er wiedergekommen, habe sich auf die alte Holzbank gesetzt, kurz durchgeschnauft und gemurmelt: „Jetzt habe ich mir eine Mütze Schlaf verdient", so als hätte er soeben nur ein paar Eimer Kohlen geschaufelt oder kurz die Blumen gegossen. Aber er war über fünfundzwanzig Jahre unterwegs. Er soll dann einen halben Tag geschlafen und sich am nächsten Morgen wieder um seinen Bauernhof gekümmert haben.

„Und wie hat er den flüssigen Stahl transportiert?", fragte eines der Kinder.

„Er hatte einen Kupferkessel dabei. Dieser Kupferkessel war sehr groß. So ungefähr." Und während sein Vater das sagte, streckte er die Arme so weit, wie es nur eben ging, auseinander.

„Das glaube ich dir nicht. Wie soll der Stahl denn dann hart geworden sein?"

„Na ja, er hat gepustet. Ich erzählte dir bereits, dass er sehr lange unterwegs war. Aber er hatte Begleitung, und zwar vom Landvermesser."

„Aber vorhin hast du gesagt, er sei alleine gewesen."

„Nein, habe ich nicht. Der Landvermesser hat jedenfalls die Schritte gezählt, und wenn er gerade nichts zu tun hatte, dann half er ihm beim Pusten. Es war eine lange Reise, denn der Landvermesser hat kurz vorm Ziel plötzlich die Zahl aus seinem Gedächtnis verloren und dann mussten sie wieder zurück und von vorne beginnen. Der Stahlgießer hat dann natürlich auf dem Rückweg auch wieder zwei Schienen verlegt. Das ist auch der Grund, warum es immer zwei Gleise nebeneinander gibt. Wenn der Landvermesser nicht so vergesslich gewesen wäre, dann wäre alles ganz anders gekommen."

„Ich glaube dir nicht. Landkarten gibt es doch schon viel länger als Eisenbahnschienen. Warum sollte der Landvermesser denn alles nochmal gezählt haben?"

„Nun ja, er glaubte den Karten nicht. Er wollt es selber herausfinden."

„Und wie viele Schritte waren es?"

„Musst du nicht langsam wieder ins Bett? Das erzähle ich dir morgen."

Auch anderen Kindern erzählte man diese Geschichte. Und dann überlegten manche Väter nächtelang, wie viele Schritte es wohl gewesen sein könnten. Sie hofften insgeheim, dass die Kinder ihre Fragen vergessen würden, aber das geschah in den seltensten Fällen. Manche Väter sollen die ganze weite Strecke dann abermals zu Fuß abgegangen sein, nur um eine glaubwürdige Antwort zu haben. Natürlich kam immer eine andere Zahl dabei heraus, weil alle diese Männer Schritte unterschiedlichster Größe machten. Es war wirklich kein einfaches Unterfangen mit dem Landvermessen.

Heute sind die Kinder fort. Auch die Väter sind fort. Die meisten zogen in die Stadt, denn als die Eisenbahnen dann einmal fuhren, da war es ihnen ein Leichtes, neue Orte zu entdecken. Übrig blieben nicht mehr viele. Zwischen Betonbauten und Industrieidyllen, da schlummern sie, die Dagebliebenen. Sie sind nicht mehr als eine verzerrt verschwommene Linie aus dem Blickwinkel eines Zugführers, ein kleiner Punkt von oben aus der Perspektive eines Zeppelins. Ein leerer Fleck auf der Landkarte, irgendwo da draußen. Die Dagebliebenen. Die Wahrhaften. Manchmal glaubt man, sie seien nicht mehr als eine Kulisse.

Und er ... er ist einer von ihnen. Er sitzt dort auf seinem Rasenmäher, zeichnet feine Linien ins Kornfeld und schaut auf die vorbeifahrenden Züge. Dann und wann winkt er den Kindern zu. Vor einigen Jahren, da hat er sich mit einem Schild an die Gleise gestellt. *Amerika* stand in schöner Schreibschrift auf der Pappe. Früher, da träumte er von Amerika.

Und irgendwann später, nachdem die Züge immer wieder an ihm vorbeigefahren waren, da kam er auf eine andere Idee. Er ging in die Scheune und suchte etwas Holz zusammen, trug es Stück für Stück an die Gleise und dann … Dann hat er sich einen Bahnhof gebaut. Einen ganz kleinen Bahnhof aus ein paar alten Brettern, Nägeln und ein wenig Dachpappe.

Es war der kleinste Bahnhof der Welt, womöglich aber auch der schönste. Der Zug jedoch hielt hier auch weiterhin nicht. Der Mann blieb ein verzerrter Punkt vor der Kulisse. Aber immer wieder kommt er hierher, hält ein wenig inne und beobachtet die Schienen.

Manchmal sitzt man im Zug und bekommt urplötzlich das Gefühl, anhalten zu müssen. Wenn man diesen Druck auf den Ohren hat. Immer dann, wenn die Landschaft nicht mehr ist als ein einziges verschwommenes Aquarell. Immer dann, wenn man die Felder sieht – die Strommasten, die Vögel. Nur die Vögel, sie kommen noch zu Besuch. Sie setzen sich auf die Hochspannungsleitungen und singen ein leises Lied in Dur. Es gibt sie, diese Paradiese. Fernab von Braunkohlewerken, Gaskesseln und Kraftwerken, fernab der Schrebergärten, fernab der Stadt, da surren sie. Dann ist das Surren die einzige Form von Stille, die geblieben ist.

Da sitzt er nun, der alte Herr auf dem Rasenmäher, direkt neben seinem kleinen Bahnhof. Langsam fängt es an, zu rattern. Die Eisenbahn, ein leises Pfeifen. Ein Junge sitzt im Abteil, presst seine Nase fest an das Fenster und beobachtet die Landschaft. Im Hintergrund: Silos, Heuballen und Traktoren. Eine Schaufel lehnt an der Scheune. Die wohl schönste Form von Reduktion. Nichts als Felder. Plötzlich sieht der Junge den alten Mann auf dem Rasenmäher direkt neben der selbst gebauten Bretterhütte. Der alte Mann sieht den Jungen und winkt ihm zu. Der Junge fragt seinen Vater, warum der Zug denn nicht anhalte. Dort sei schließlich ein Bahnhof gewesen. Ein Mann habe daneben gesessen. Auf einem Rasenmäher. „Bahnhöfe gibt es hier nicht", sagt sein Vater. „Hier gibt es nur Felder."

Früher, da wollte er nach Amerika.

Ach, unser Ludwig

Sie sagen, sein Leben wäre stets von einer gewissen Theatralik durchdrungen gewesen. Seine Blicke seien klar, die Gesten bedacht und in seiner Stimme läge immer ein gewisses Pathos. Wenn er spräche, dann klar und betont, jedes Wort wie gedruckt, die Sätze verschachtelt und sorgsam gewählt. Aus ihm wäre ein guter Schauspieler geworden. Ach, hätte er doch bloß nicht so viel getrunken. Und wenn doch die schlimmen Jahre nicht gewesen wären, und wenn doch die Frauen und die Schulden nicht … und wenn doch die Welt an sich eine gerechte gewesen wäre. Dann wäre doch alles ganz anders gekommen. „Ach, unser Ludwig." Die Männer am Tresen betrachten das Bild an der Wand. Der Wirt schenkt schweigend aus.

Was die Männer nicht wissen: Vor vielen Jahren sollte Ludwig erstmals in einem Theaterstück mitwirken. Er bekam die tragikomische Nebenrolle eines verwahrlosten Trinkers zugeteilt. Zum Stück selbst ist er damals nicht erschienen. Aber noch heute erzählen sie dort, wie souverän und gewissenhaft er bei den Proben gewesen sei, wie sehr er seine Rolle verinnerlicht und perfektioniert hätte. Und während sie von ihm sprechen, nehmen sie ganz unbewusst seine Haltung und Stimmlage an.

„Ach, unser Ludwig."

Der Mann aus dem Erdgeschoss

Vor dem Haus steht eine einsame Laterne. Nachts wirft sie ihr zitterndes Licht auf die mattgrüne, von spröden Rissen durchzogene Hausfassade. Vier Fenster mit Rundbögen zur Straßenseite. Geblümte Gardinen, die oberen Fensterbänke sind schlicht, ungeschmückt. Nur am Fenster neben mir schützen drei Porzellanpuppen die Wohnung vor Wärme. Weiße Porzellanpuppen mit rauer Textur und kreisrunden Augen. Ihr Blick Richtung Straße. Sie wachen, horchen. Blassweiße Gesichter im Laternenlicht.

Ich bin der Mann aus dem Erdgeschoss. Wenn ich das Treppenhaus betrete, dann glaube ich oft, alleine am Geruch zu erkennen, dass ich hier zuhause bin. Der dumpfe Geruch meines Hauses. Ich kenne ihn. Seit Jahren. Die einzelnen Düfte verändern sich. Aber es bleibt der Geruch des Hauses. Schon lange wohne ich in diesem Haus. Seit sieben Jahren. Meine Wohnung verlasse ich selten. Ich habe die Bewohner des Hauses noch nie erblickt, geschweige denn jemals mit ihnen gesprochen. Mir fehlt jegliche Vorstellung ihrer Gesichter, ihrer Persönlichkeit, ihrer Erscheinung. Aber ich würde sie erkennen. Draußen auf der Straße würde ich sie erkennen.

Gegenüber wohnt eine alte Dame. Die meiste Zeit sitzt sie vor dem Fenster. Sie sitzt dort und schaut nach draußen, verstellt die Antenne ihres alten Radiogerätes, dreht an dem geriffelten Rädchen und sucht so etwas wie Vertrautheit. Das stelle ich mir zumindest so vor. Dass sie überhaupt existiert, weiß ich nur, weil es im Treppenhaus nach Putzwasser duftet. Weil es dort immer nach Putzwasser duftet. Nach Seifenlauge und nach alter Dame. Im Winter, wenn die nassen Fußsohlenspuren der anderen Bewohner das Treppenhaus zieren, dann lässt sie diese Spuren mit warmem Wasser verschwinden. Dann wirkt es, als seien diese Spuren nie dagewesen. Als würden diese Treppen zum Himmel führen. Ich habe diese Treppen nie betreten.

Wenn ich nach Hause komme, lasse ich die Tür leise ins Schloss fallen. Am Abend wird die Haustüre abgeschlossen. Behutsam öffne ich meinen Briefkasten. Im Flur stehen ein Kinderwagen und eine Schneeschaufel. Mich gibt es nicht. Man weiß, dass ich existiere. Ich habe eine Fußmatte und ein Messingschild neben meiner Türe. Manchmal schimmert warmes Licht durch den Türspalt. Aber es gibt mich nicht. Ich bin nur der Mann aus dem Erdgeschoss. Es zieht. Die Fenster sind verschlossen. Es muss von der Decke kommen. Über mir wohnt ein Dirigent. Das vermute ich zumindest. Er scheint zu üben, probt womöglich seine Inszenierung für das Orchester. Mit wilden Gesten, schwungvoller Dynamik und fiebrigen Armschwüngen scheint er sich auf die Symphonie vorzubereiten. Ja, er muss Dirigent sein. Wenn ich nachts in meinem Bett liege, die Augen schließe, bilde ich mir ein, ich könne die einzelnen Instrumente heraushören, jede Klanganhebung, jedes einzelne Intermezzo. Nur anhand der Luftzüge. Ich habe kein Bild von diesem Herrn. Aber draußen würde ich ihn erkennen. Dann würde ich ihn anschauen und genau wissen, wer er ist. Ich kenne ihn seit Jahren. Und er würde mich ansehen und wüsste von nichts. Aber ich, ich würde ihn erkennen. An seiner Schrittfolge, an seinem Geruch, an seinem Rhythmus. Ich würde wissen, dass er in dem mattgrünen Haus mit der rissigen Fassade wohnt, dass er Brahms mag, dass er jeden Morgen die Zeitung bekommt, dass er jedes Mal nach Verlassen der Wohnung nachsieht, ob die Tür auch richtig verschlossen wurde.

Ich würde wissen, dass er sonntags Lederschuhe trägt und in die Kirche geht.

Aus der Wohnung gegenüber dringt ein vertrauter angenehmer Geruch unter dem Türspalt hervor. Es duftet nach Grünkohl und Lavendel. Die Fußspuren sind fort. Ich sollte mal die Treppe hochgehen. Vielleicht führt diese Treppe zum Himmel.

Im Innenhof des Hauses stehen drei Mülltonnen. Daneben, angelehnt an die bemooste Fassade, ein blauer Plastiksack. Aus den kleinen Rissen schauen die Spitzen von Tannenzweigen hervor. Er liegt schon lange dort. Neben der Regentonne eine einzelne Bank. Wenn man dort sitzt, dann können einen alle Bewohner aus ihren Schlafzimmerfenstern heraus beobachten. Ich sollte mich mal dort hinsetzen, auf die Bank. Im Sommer. Noch ist viel Zeit.

Heute Morgen habe ich gehört, wie der Dirigent sich mit der alten Dame unterhielt. Viel habe ich nicht verstehen können, aber ich glaube, es ging um einen Zweitschlüssel. Von mir hat niemand einen Zweitschlüssel. Niemand. Dass ich existiere, wissen diese Menschen nur, weil ich eine Fußmatte habe. Neben meiner Tür klebt ein Messingschild. Manchmal schimmert Licht unter dem Türspalt hervor. In den matschigen Fußspuren im Treppenhaus findet man Rückstände von Streusalz. Sobald die Menschen durch das Haus laufen, hört man die Sohlen knistern. Salzreste in Tauwasserpfützen. Knisternde Sohlen. Aber am nächsten Morgen sind sie fort, die Spuren zum Himmel. Dann duftet es nach Putzwasser. Nach alter Dame und Grünkohl. Ich liege mit geschlossenen Augen auf der Couch und lausche den Windzügen des Dirigenten. Unter mir im Keller surrt die Waschmaschine. Ein blechernes, dumpfes Geräusch. Das Geräusch meines Hauses.

Es zieht. Draußen liegt Schnee. Ich sollte die Hyazinthen gießen. Auf meiner Fensterbank sitzt ein Zinnsoldat. Durch die Gardinen schimmert schwaches Tageslicht. Es riecht nach Putzwasser und Grünkohl, nach kaltem Qualm und nach Leder. Im Winter tragen die Menschen Stiefel. Rauch erkaltet. Im Innenhof steht ein blauer Müllsack. Über mir lebt der Dirigent. Die Waschmaschine rotiert. Eine Treppe führt zum Himmel. Draußen wirft die einsame Laterne ihr zitterndes Licht auf den bröckelnden Putz der Fassade. Ich bin der Mann aus dem Erdgeschoss.

Niemandsort

Er kommt jeden Tag hierher. Er wartet kurz, betrachtet die Straße, raucht eine Zigarette und verschwindet wieder. Eines Tages würde sie ihn besuchen kommen. Dass sie noch etwas Zeit brauche, das schrieb sie ihm. Und dass sie die Dinge bis dahin in Ordnung bringen würde. Er erwiderte, dass das kein Problem für ihn sei. Alleine sei er ohnehin immer gut zurechtkommen. Er habe ein Haus, einen Garten und überhaupt gebe es immer viel zu tun. Etwas abseits von einer kleinen Häusersiedlung, angrenzend an ein weitläufiges Maisfeld, steht eine Bushaltestelle. Hinter der matten Plexiglasscheibe hängt der Fahrplan und zeigt eine einzige eingetragene Verbindung. Ein Niemandsort. Jeden Morgen um halb acht kommt ein Omnibus und fährt zwei Kinder zur städtischen Gesamtschule. Es soll an jedem Tag der einzige Bus bleiben. Wahrscheinlich ist dies die einsamste Haltestelle der Welt. Ein idealer Ort für einen Statistiker für Fahrgastzählungen. Er hätte nicht viel zu tun. Zwei Fahrgäste, jeden Tag zu der stets gleichen Uhrzeit. Am späten Mittag kommen sie auf der anderen Straßenseite wieder an. Sie steigen aus dem Bus, überqueren die Straße, betreten den Feldweg und irgendwann verschwinden ihre Silhouetten. Vielleicht wird eines Tages eine junge Frau aus dem Bus aussteigen, sich auf die Bank setzen und durchschnaufen. Vielleicht wird sie rauchen und die Vögel betrachten. Vielleicht wird sie nach einigen Minuten aufstehen, den Mantelkragen zurechtzupfen, sich kurz umsehen und in Richtung der Häusersiedlung gehen. Vielleicht auch nicht. Er kommt jeden Tag hierher.

Sei still, alter Mann

Stellen Sie sich einen jungen Mann vor. Als er klein war, hatte er in einem Lexikon etwas über Traktoren gelesen. Er wusste, wie sie aussehen, wie schwer sie sind und über wie viele Pferdestärken ihre Motoren verfügen. Er wusste, wie sie heißen, wo sie gebaut und wofür sie genutzt werden. All das war in diesem Lexikon zu lesen. Und in der Nachbarschaft stand solch ein Traktor. Ein großer roter Traktor, etwas rostig und marode, mit Rädern, die viel höher waren als er selbst. In den Reifenprofilen trockene Erde. Er schien lange nicht benutzt worden zu sein. Der Junge fragte seinen Vater einmal, ob sie gemeinsam mit diesem Traktor fahren könnten, und der Vater sagte nur: „Dafür bist du noch zu jung. Nein, das sollten wir ein anderes Mal tun. Später, wenn du groß bist."

Und immer wieder, Tag für Tag, ging der Junge an diesem Traktor vorbei und sagte sich: „Irgendwann bin ich groß!"

Hartnäckig hielt er an seinem Gedanken fest. Irgendwann würde er mit diesem Traktor fahren.

Als zwei weitere Jahre vergangen waren, ging er erneut zu seinem Vater, nahm all seinen Mut zusammen und fragte, ob sie sich nun den Traktor vom Nachbarn ausleihen wollten, damit er endlich damit fahren könne. „Nein", sagte der Vater, „dafür bist du doch schon viel zu groß. Kleine Kinder interessieren sich für Traktoren, aber sieh, mein Sohn, du bist zwölf. Du sollst für die Schule lernen. Hier, lies einmal die Zeitung. Verstehst du, was darin steht? Verstehst du etwas von Wirtschaft und Politik? Du solltest mehr Bücher lesen. Ich möchte, dass du später einmal einen vernünftigen

Beruf erlernst, Geld verdienst als Händler und Geschäftsmann. Du solltest später einmal eine Frau versorgen können und vor allem solltest du wissen, was in der Welt passiert. Traktoren haben mit dieser Welt nicht mehr viel zu tun."

„Aber als ich dich gefragt habe …", sagte der Sohn, „da hast du gesagt, ich sei zu klein. Und jetzt bin ich zu groß?"

„Geh in dein Zimmer!", antwortete der Vater. „Du sollst lesen! Hier, nimm das Buch! Darin steht vieles, was du wissen musst. Ein Buch über die deutsche Geschichte. Lies es, und in ein paar Wochen stelle ich dir Fragen dazu!"

„Ich möchte dieses Buch nicht lesen. Ich möchte auf diesen Traktor klettern."

Dieses Buch über die deutsche Geschichte hat er nicht angerührt, wie Sie sich denken können. Er nahm sein altes Lexikon und schaute sich erneut das Kapitel über Traktoren an, lernte alles, was es über sie zu wissen gab, stellte sich das Knattern des Motors vor, stellte sich vor, wie er mit den riesigen Reifen über die Felder fahren würde. Alle diese Bilder waren in seinem Kopf. Einen Tag später kaufte er sich auf einem Flohmarkt ein ganzes Buch über Traktoren, lernte auch nun wieder alles, was es zu wissen gab, erforschte die Bilder, die kleinen Tabellen und alle Details, die in diesem Buch standen. Er kannte bald alle Modelle mitsamt Seriennummer und Baujahr und ward zunehmend in seinem Vorhaben bestärkt, irgendwann selbst einen solchen Traktor zu fahren – einen roten.

Irgendwann kam sein Vater herein. „Ich hoffe, du hast das Buch über die deutsche Geschichte gelernt. Hast du?"

„Ja, selbstverständlich."

„Nun gut, dann wirst du mir doch bestimmt sagen können, wie unser erster Bundeskanzler hieß?"

„Adenauer." Das hatte er mal in den Nachrichten im Radio gehört.

„Ja, richtig. Sehr gut."

Und dann stellte der Vater ihm viele Fragen über Wirtschaftskrisen, Weltkriege, Revolutionen, Aufstände, Parteien. Wie ein Lehrer wartete er auf die Antworten. Aber sie blieben aus. Sein Sohn hatte natürlich keine Ahnung, hatte auch das Buch nicht gelesen. „Aber weißt du, ich kann dir ganz viel über Traktoren erzählen."

Und dann präsentierte er voller Stolz sein Buch und hielt es dem Vater vor die Nase. „Du Träumer", sagte dieser. „Du willst doch kein Bauer sein, kein Tagelöhner. Ich habe dich nicht großgezogen, damit du mir mit einem Traktor durch die Felder ratterst."

Nun, auch ich habe diese Geschichte nur gehört. Ich weiß nicht, ob sie der Wahrheit entspricht. Aber irgendwie hat sie mich eingenommen. Eine Geschichte über einen Jungen, einen Traktor und einen Vater. Was sind denn Väter? Männer, die manchmal bloß Angst haben, Fehler zu machen. Männer, die glauben, *Männer* schaffen zu müssen. Erfolgreich, wohlhabend und gebildet. Das Wort *Stolz* ist eines, das den Menschen leicht über die Lippen geht, wenn sie von Nationen reden, von Besitz und von Herkunft. Einmal traf ich einen Mann, der sagte, er sei stolz auf sein Land und auf sein Haus. Ich verstand ihn nicht, hakte nach und er sagte, sein Haus hätte er gebaut und für sein Land hätte er gekämpft. Ich dachte mir, stattdessen sollte er stolz auf sich sein, mit eigenen Händen ein Haus gebaut zu haben. Hingegen sollte jemand, der für ein Land kämpft, das Wort *Stolz* besser nie gebrauchen. Aber letztendlich hatte auch dies seine Gründe. Es ist eine Vorstellung, die er wiederum aus der Geschichte gelernt hat – es sind Werte, die ihm von seinem Vater und anderen Menschen vermittelt wurden. Manchmal hat es seine Gründe, dass Väter das Wort *Stolz* nicht über ihre Lippen bekommen und dass sie Angst haben, Schwäche zu zeigen. Manchmal lernt man einfach nicht, wie man Gefühle zeigt – wie man jemandem sagt, dass man ihn ganz arg liebt und an ihn glaubt. Die Liebe der Väter scheint wesentlich schwerer erkennbar, hat man immer wieder das Gefühl, sich einem Vater beweisen zu müssen, während Mütter doch scheinbar oft bedingungslos lieben. Aber es gibt dieses seltsame Wort: *Stolz*. Und manchmal wartet man ein ganzes Leben darauf, dass der eigene Vater sagt, er sei stolz auf seinen Sohn. Ein ganzes Leben warten auf ein Wort.

Es scheint bisweilen, als sei der Sohn im Recht und der Vater im Unrecht. Diese Geschichte beginnt damit, dass ein Sohn Traktor fahren will, ganz artig danach fragt und dass sein Vater ihn jedes Mal vertröstet. Aber wer weiß, wo die Geschichte eigentlich beginnt? Vielleicht beginnt sie damit, dass sein Vater selber ein kleiner Junge ist, der sieht, wie seine Eltern durch den Krieg ihre Existenz verloren haben und durch die Trümmerschäden noch jahrelang die Ernten ausblieben. Vielleicht beginnt sie damit, dass dieser Vater als kleiner Junge selbst Traktor fahren wollte und dass dieser Wunsch niemals erfüllt worden ist und er nun jedes Mal, wenn er einen Traktor sieht, an diese Zeit erinnert wird. Niemand weiß, wo die Geschichte anfängt. Nicht einmal ich, obwohl ich sie geschrieben habe. Und diese Geschichte hier ist noch nicht vorbei.

Viele Jahre später erfuhr der junge Mann, dass sein Vater schwer krank sei, dass die Spuren des Alters ihren Tribut zollen sollten. Da fuhr er sofort, ohne lange nachzudenken, ins Hospital. Er führte seinen Vater nach draußen, stützte dabei seinen müden alten Körper, er band ihm die Augen zu, und dann … Nun, den Rest müssen Sie sich selbst ausmalen. Aber es könnte sein, dass die beiden fortfuhren. Mit einem roten Traktor. Es könnte sein, dass sie noch heute über die linke Spur der Autobahn schleichen und dass immer, wenn ein Fahrzeug hinter ihnen lautstark hupt, weil es überholen will, die beiden ihren Hut zücken und freundlich grüßen. Es könnte sein, dass die beiden irgendwann an einem See vorbeikommen und der Vater den Wunsch äußert, dass er schwimmen wolle, und dass sein Sohn antworten würde: „Sei still, alter Mann. Dafür bist du schon zu groß."

Es könnte sein, dass ein Vater nun erstmals in seinem Leben sagt: „Ich bin stolz auf dich."

Und es könnte sein, dass sein Sohn dann sagt: „Ich weiß."

Eine kurze Geschichte vom Glück

Als Herr Jakob eines Nachmittags, an einem Gerstenhalm kauend, auf seinem rostigen Klappgartenstuhl saß und gerade von seinem Nickerchen erwachte, da kam eines seiner Kinder und fragte ihn, was denn für ihn das Glück sei. Da schlief er wieder ein.

Das Fenster

Vor einigen Jahren, da hat er ihr erzählt, dass er in einem Café seinen Schal vergessen habe. Danach sei er nie wieder aufgetaucht. Ob ein anderer Gast ihn mitgenommen habe oder ob er einfach spurlos verschwunden sei, das wüsste er nicht. Irgendwann hat er sich damit abgefunden und sich einen neuen Schal gekauft. Und dann, einige Zeit später, da fand er den alten Schal auf der Kommode. Er lag die ganze Zeit dort.

Gestern hat sie ihm erzählt, dass sie ihr Vertrauen verloren habe. Es sei einfach fort. Nach all den Jahren verschwunden. „Dein Vertrauen? So weit weg kann es nicht sein. Hast du das Fenster aufgelassen? Vielleicht ist es hinausgeflattert? Wir werden es bestimmt bald finden."

Und dann hat er gesagt, dass es nicht so schlimm sei. Er erinnerte sie an die Geschichte mit dem Schal und daran, dass er nach all den Jahren einfach plötzlich wieder dort gewesen sei. Auch ein paar Handschuhe habe er verloren. Irgendwo. Die Handschuhe sind schon lange fort. „Vielleicht hat dein Vertrauen sie mitgenommen, vielleicht war ihm kalt. Und jetzt sitzt es dort draußen. Irgendwo. Und sucht Schutz."

Man verliert die Dinge. Einfach so. Wie einen Regenschirm oder einen Hut. Plötzlich sind sie fort und man sucht und sucht. Und irgendwann nach vielen Jahren, wenn man den Verlust hingenommen hat, dann findet man die Dinge wieder. Einfach so. In einer Schublade.

Und dann hat er ihr Vertrauen gesucht, in der ganzen Wohnung, hat alle Schränke geöffnet, im Speicher geschaut und alle Kisten durchwühlt. Aber da war nichts. „Bestimmt ist es hinausgeflattert. Aus dem offenen Fenster. Du hast vergessen, es zu schließen. Das vergisst du öfter in letzter Zeit. Lass uns doch mal draußen schauen! Vor einiger Zeit, ich war damals noch ein Kind, da ist mein Wellensittich aus dem offenen Käfig geflattert, durchs Fenster, und dann haben wir tagelang gehofft, dass er wiederkommen würde. Und tatsächlich, nach einigen Wochen, da saß er wieder auf dem Fenstersims."

Am nächsten Morgen suchten sie draußen. Sie sind die ganze Allee entlanggeschlichen, haben gerufen und Handzettel verteilt. In den Briefkästen. Vereinzelt haben sie Plakate auf Litfaßsäulen geklebt. Und dann haben sie die Leute auf den Straßen gefragt. „Entschuldigen Sie, haben Sie das Vertrauen gefunden?"

„Wie sah es denn aus?"

„Nun, das ist schwer … Das Vertrauen, es wirkt irgendwie ganz unscheinbar, recht unaufdringlich, es ist einfach da in einer gewissen Form von Selbstverständlichkeit. Es klingt ein wenig wie diese Spieluhren. Kennen Sie die? Die mit den schönen Rädchen zum Aufziehen."

Und dann summte er ihnen die Melodie vor.

„Ach ja", sagte er, „ich schätze, dass es Handschuhe trägt. Graue Handschuhe. Haben Sie es gesehen?"

„Nein. Es tut mir sehr leid."

Sie suchten dann noch einige Tage nach dem Vertrauen. Aber es schien spurlos verschwunden zu sein. Und dann, einige Zeit später, saß er morgens am Frühstückstisch und blickte mit seinem morgendlichen müden Blick auf den Teller voller Brotkrumen und Eierschalen. Und dann sah sie ihn an und flüsterte ihm zu, dass sie ihre Liebe verloren habe. Er erwiderte, dass sie wohl langsam vergesslich werde. „Noch vor einigen Tagen haben wir dein Vertrauen gesucht, und jetzt verlierst du deine Liebe. Du wirst alt."

Er gab ihr einen Kuss auf die Stirn und sagte, dass er sie wohl bald finden werde. Sie würde bestimmt in der Schlafzimmerkommode liegen, in der rechten Schublade. „Wie sieht sie denn aus?"

„Ich weiß es nicht. Aber sie sah mal so aus wie du."

Er blickte in den Spiegel im Flur. Es war früh am Morgen. Der Abdruck des Schlafkissens zierte seine rechte Wange, sein Blick war träge und irgendwie erschien ihm die Stirn ein wenig faltiger als sonst. „Nun, bist du sicher, dass sie mir ähnlich sieht?"

Sie fing an zu zittern. „Vor einigen Monaten, da wusste ich doch, was passiert war. Es war dieser Duft, der dir anhaftete. Der Geruch von fremdem Schweiß und Parfüm, von Scham und Zweifel. Du kamst abends durch die Tür und ich wusste, was passiert ist. Und du hast nichts gesagt. Kein Wort. Du hast dich zu mir gelegt unter die Decke, hast dich an mich geschmiegt und mich an deinen Körper gepresst. Fester als sonst. Bestimmter. Bewusster. Du hast mir gesagt, dass du mich brauchst. Also bin ich geblieben. Aber ich fing langsam an, meine Augen zu schließen. Von Tag zu Tag. Immer den Bruchteil einer Sekunde mehr. Wenn du mich angesehen hast und mich an dich gepresst hast, mit deinen zitternden Händen. Und irgendwann blieben sie geschlossen, die Augen. Und immer, wenn morgens früh die Tür hinter dir ins Schloss fiel, wusste ich, wie du abends riechen würdest. Nach Scham und nach Zweifel. Aber ich bin geblieben."

„Warum bist du geblieben?"

„Vermutlich, weil ich mir früher auch einen Menschen gewünscht hätte, der geblieben wäre. Einfach so. Und weil ich wusste, dass du mich brauchst. Sieh doch, die Menschen, sie kommen und gehen. Tagein und tagaus. Ich weiß, dass du im Grunde deines Herzens immer bei mir bleiben wolltest."

Und dann wurde ihm irgendwie klar, dass er ihr Vertrauen und ihre Liebe wohl nicht in der Schublade finden würde.

„Es ist schon seltsam", sagte er. „Mein ganzes Leben habe ich eigentlich nie so richtig für etwas kämpfen müssen. In einer gewissen Form der Selbstverständlichkeit haben sich immer alle Dinge recht passabel zusammengefügt. Ich habe mich nie mit dem Begriff *Verlust* auseinandergesetzt. Immer wenn ich diese Türe aufgeschlossen habe, dann wusste ich, dass du im Wohnzimmer sitzen und dort auf mich warten würdest. Mein ganzes Leben war bisweilen immer von einer subtilen Leichtigkeit geprägt, die jeglichen Zweifel gar nicht erst entstehen ließ – eine Leichtigkeit, die nie forderte, mich mit mir selbst auseinanderzusetzen."

Das Glück, es macht wohl etwas träge. Und dann hat sie gesagt, dass ihr Vertrauen wohl nicht mehr wiederkäme. Auch die Liebe bliebe wohl fort. Das hat sie gesagt.

Er hat dann seinen Teller ein Stück zur Seite gerückt, ist daraufhin zum Fenster gegangen und hat es geschlossen. Auf der Fensterbank stehen zwei Primeln, darunter liegen zwei Handschuhe über dem Heizkörper. Man verliert die Dinge. Einfach so.

Erin

Seit nunmehr einigen Jahren lebt Erin in dem kleinen Haus am Wald. Weit draußen auf dem Land, wo nichts ist außer den Füchsen und dunklen Baumkronen der Tannen. Dort im Wald ist es einsam, sagen die Menschen, wenn sie das Haus durch die Zugfenster sehen. Am westlichen Rand des Tannenwalds führt ein schmaler Gleisabschnitt entlang.

Jeden Monat bekommt Erin von der Eisenbahngesellschaft einen geringen Betrag überwiesen, weil er zweimal am Tag die Schranke eines angrenzenden Bahnübergangs betätigt. Erin, so heißt es in Lokführerkreisen, sei der zuverlässigste Bahnwärter, den sie jemals gekannt hätten. Zwar habe in den vergangenen Jahren niemals ein Mensch vor der Schranke gewartet, aber es sei gut zu wissen, dass Erin gewissenhaft seinen Pflichten nachginge. Man wisse ja nie.

Bahnwärter Erin hat einen rostigen Geländewagen. Er steht vor dem Haus im Schatten einer Birke. Fahren dürfe er damit nicht mehr, sagen seine Kinder. Einmal in der Woche fahren sie mit ihm in die Stadt und erledigen die Einkäufe. Vor dem alten Haus liegt Brennholz, meterweise gestapelt. Früher hat Erin die Scheite selber aus dem Wald getragen, aber auch dies erledigen die Kinder für ihn. Eigentlich solle er das Haus verkaufen, sagen sie ihm. Er solle dorthin gehen, wo es sicherer für ihn sei, wo man ihn besser unterstützen könne und wo er Gesellschaft hätte. Aber Bahnwärter Erin kam ohne Gesellschaft gut zurecht, denn da gab es sein Haus, das Wissen um die Nähe der Füchse, die Birken, klare Luft und seine täglichen Pflichten.

Jeden Morgen um Punkt 8 Uhr und einmal am späten Nachmittag passiert der kleine Zug den Gleisabschnitt. Nur ein Abteil hat dieser Zug und nie führt er mehr als eine Handvoll Reisender mit sich. Tag für Tag. Wenn der Zugführer die Schranke und das Haus sieht, dann nickt er dem unbekannten Mann anerkennend zu, so als wolle er ihm sagen: Es ist gut, was sie tun.

Erin ist 93 Jahre alt. Aus dem Schornstein seines Hauses steigt Qualm auf. Die Fensterläden sind offen. Erin mag das Licht. Morgen gegen halb acht wird sein Wecker klingeln, dann wird er aufstehen, einen Tee aufgießen und die Schranke betätigen. Er weiß, dass, solange er hier ist, niemals etwas passieren wird.

Anthrazit

Herr Konrad trug stets einen anthrazitfarbenen Anzug, dazu einen Filzhut und eine teure Armbanduhr, die sein Vater – ein wohlhabender Industrieller – ihm einst vererbte. Das Haus musste Herr Konrad vor einigen Jahren verkaufen und auch seiner Arbeit konnte er aus gewissen Gründen nicht mehr nachkommen. Nun lebt er seit einiger Zeit vor den Toren des Stadtparks. Meistens schläft er auf einer dunkelgrünen Holzbank. Und wann immer man an seiner Bank vorbeikam – auch früh am Morgen –, stand er auf, lüftete seinen Hut und sagte mit erhobener Stimme: „Habe die Ehre."

Hin und wieder kamen Familien mit Kindern an seiner Bank vorbei, und wenn die Kinder Herrn Konrad nach seinem Beruf fragten, so antwortete dieser, er hätte geschäftig zu tun. Er lese die Zeitung, trinke hin und wieder ein Glas Wein und trage dabei einen Hut. Das mache man so in geschäftlichen Kreisen. Und als die Kinder, scheinbar recht zufrieden mit der Antwort, wieder fortgingen, lüftete er seinen Hut und nuschelte in seinen Bart.

„Habe die Ehre."

Jemand trug einmal einen grauen Anzug.

Häuser

Immer wieder Treppen. Rostige Geländestangen, vereinzelt aus Mauerfugen sprießendes Gras. Langsame Schritte, oben der Ölberg. Die vierstöckigen Jugendstilbauten mit ihren ornamentalen Fassaden stehen wie aufgereihte Leibwächtergarden zu meinen Seiten. Es scheint, als könne den Menschen hier nichts passieren. Man sagt, sie seien aus der Zeit gefallen – die Häuser. Als hätte man sie aus einem längst vergangenen Jahrzehnt gestohlen und hierhin gebracht. Dort fehlen sie nun.

Nächtliches Schlendern über die schweigsamen Straßen. Geschwungene Laternen werfen ihr zitterndes Licht auf den Bordstein. Flüchtige Schriftzüge, Kreidezeichnungen auf dem Boden. Tagsüber spielen die Kinder auf dem Asphalt. Nur ein Strich zwischen Himmel und Hölle.

Links und rechts die Erdgeschossmenschen. Es ist, als hätte man sie vor das Fenster gestellt und ihnen gesagt, sie sollen glücklich aussehen. Großväter stehen mit ihren Enkeln im Arm im Türspalt. In Haus Nummer 7 ein lesender Mann unter einem glitzernden Kronleuchter. Symmetrisch gefüllte Bücherregale, Küchen mit sortierten Gewürzschränkchen, behütete Kinderzimmer mit Holzspielzeug und selbstgebastelten Mobiles. Alte Frauen nähen im Wohnstübchen Handschuhe, jemand spielt Klavier. Alles erinnert an amerikanische Weihnachtsfilme, ein einziges Klischee womöglich. Oder die Sehnsucht danach. Heimat, das ist ein Klavier.

Menschen ziehen in ein Haus und fangen an, sich einzurichten, schleifen den Boden, streichen die Wände, hängen

Bilder auf, rangieren die Möbel und irgendwann kaufen sie womöglich ein Klavier. Dann werden sie einige Tage dort leben, so wie sie es in anderen Wohnungen auch gemacht haben, aber womöglich merken sie bald, dass sie nun nicht mehr fortkönnen, denn es wäre mühsam und aufwendig, ein Klavier zu transportieren. Sie müssten Möbelpacker, wenn nicht gar ein spezielles Unternehmen für Klaviertransporte beauftragen. Und wahrscheinlich überlegen sie es sich dann mehrmals, ob sie dort nochmal wegziehen wollen. Irgendwann sagen sie sich, dass sie fortan hierbleiben. Da sei ein Boden, wird man sagen, da seien Wände und Bilder, und da sei vor allem ein Klavier, ein sehr schweres, sperriges Klavier. Und wahrscheinlich werden sie es nie benutzen. Heimat, das ist ein Klavier.

Die Parterremenschen – sie lassen uns teilhaben an ihrer Geschichte, gewähren uns einen Einblick. Tapsende Sohlen über knarrendem Dielenboden, bröckelnder Stuck, ein Luftspalt im Fenster, Mokka aus matten Espressokannen auf einem Gasherd und Rosmarinkartoffeln. Alles wirkt inszeniert, als wären die Fassaden lediglich Kulissen eines Bühnenbildes, die man einfach abbauen könnte. Als hätte jemand ein Drehbuch geschrieben und den Menschen hinter den Fenstern kleine Sprechszenen zugeordnet. Das scheint ein Ort zum Bleiben zu sein. Zwischen den Trinkhallen und Imbissbuden ein altes Fernseh- und Radiogeschäft. Ein Mann sitzt im Blaumann vor dem Fenster und repariert Bildschirme und Röhren. Mitten in der Nacht. Er wirkt wie eine Sammelfigur im Setzkasten. Auf seinem Fensterbrett eine Gießkanne.

Unten am Fuße der tausenden Treppenstufen der blaugraue Fluss. Hier oben das Paradies. Dies ist keine Geschichte über das Ankommen oder über den Zauber von Klischees. Dies ist nur eine Geschichte über Häuser. Heimat – das ist ein Klavier. Oder Rosmarinkartoffeln.

Das Klavier

Hin und wieder, wenn er auf einem Stuhl sitzt, spielen seine Finger Klavier auf den Knien. Dann nimmt sie seine Hand und führt sie zu Tische.

Vor mehr als sechzig Jahren hat er sich einen Flügel gekauft. Bechstein, Baujahr 1898. Und jeden Abend, kurz bevor er sich zu Bette legt, betritt er das Musikzimmer und setzt sich auf den kleinen Schemel. Er streicht behutsam über das edle Holz und zeichnet feine, dünne Linien in den Staub. Dann öffnet er die Klappe und lässt seinen Blick über die Tasten gleiten. Er atmet tief durch, streckt seinen Rücken, und irgendwann, nachdem einige Minuten verstrichen sind, klappt er den Deckel wieder zu, ohne auch nur einen Ton gespielt zu haben. Er legt sich ins Bett und schließt seine Augen.

Manchmal, mitten im Schlaf, fangen seine Finger wie von selbst an, auf der Bettdecke Konzerte nachzuspielen. Ein fast geräuschloses Klimpern. Dann nimmt sie seine Hand, legt sie auf ihre Brust und gibt ihm einen Kuss auf die Wange. Gerne hätte ich Ihnen die Geschichte eines virtuosen Pianisten erzählt. Womöglich war er das auch.

Joseph

Es gibt Orte im Leben eines Menschen, an die kehrt man immer wieder sehr gerne zurück. Nach einigen Jahren, den Erfahrungen in doch so fremden Welten voller Eindrücke und Geschichten ist man manchmal froh, an einem vertrauten Platz mit vertrauten Menschen ein gewöhnliches Bier trinken zu können. Ein solcher Ort ist die Eckkneipe von Schankwirt Klaus.

Dort sitze ich dann und wann sehr gerne auf einem der Holzhocker und beobachte die anderen Gäste. Neben mir am Tresen sitzt der gute Joseph. Er sieht mich an und sagt: „Es gibt Orte im Leben eines Menschen, an die kehrt man immer wieder sehr gerne zurück, nach einem erholsamen Schlaf oder einem kurzen Spaziergang."

Und jeden Abend gegen 18 Uhr sitzt er dann wieder hier, trinkt sein gewöhnliches Bier umgeben von vertrauten Menschen. Ich sehe Joseph an und er lächelt, schlägt mir auf die Schulter und sagt: „Prost! Auf uns!"

Am nächsten Morgen sitze ich am Schreibtisch, plane meine Reisen und denke an Joseph, an gewöhnliche Biere, an vertraute Orte.

Manchmal, wenn ich am Abend vor dieser Kneipe stehe und überlege, mit mir selbst hadere, ob ich den Schritt über die Schwelle nun gehen soll, dann sehe ich, wie die Menschen an der Kneipe vorbeigehen. Manche schauen hinein. Dann sehen sie Joseph und die anderen Männer am Tresen sitzen und oft höre ich dann Wörter fallen wie *Scheitern*.

Neben Joseph sitzt Erich.

Erich war Bildhauer und ich weiß, dass er genial und erfolgreich war, aber irgendwann kam der Tag, an dem er sagte: „Ich verachte meine Kunst."

Jetzt sitzt er bei Schankwirt Klaus am Tresen neben Joseph. Joseph hat eine Geschichte. Es ist keine Geschichte, die man in Büchern liest, es ist nur die Geschichte von Joseph. Joseph hat einundvierzig Jahre gearbeitet, siebzig Stunden in der Woche, fleißig, tapfer und genügsam. Joseph war Kranführer: Kranführer Joseph. Und Joseph erzählte mir, dass er auch ein Schriftsteller war, denn einmal, da habe er einen Brief geschrieben. An seine Frau. Einen sehr langen, literarischen Brief und in diesem Brief stand, dass er nun nicht mehr der Kranführer Joseph sei, weil die Firma ihm gekündigt habe. Joseph ist 57 Jahre alt. Und in dem Brief stand, dass er Angst habe und dass er seine Frau liebe. Das hat er geschrieben. Joseph ist ein Schriftsteller. Doch irgendwann war seine Frau fort und mit ihr die Kinder und die Vergangenheit. Und jetzt sitzt Joseph neben mir, schreibt auf den Bierdeckel das Wort *Scheitern*.

Und Männer wie Joseph sind stolz. Sie können jedem verzeihen, aber niemals sich selbst. Niemals würde Joseph seinem ehemaligen Betrieb Vorwürfe machen, weil sie ihn fälschlicherweise des Betrugs bezichtigt haben. Niemals würde Joseph schlecht über seine Frau reden, obwohl sie ihn wie eine alte Gardine in der Wohnung zurückgelassen hat. Niemals würde er die Schuld jemand anderem zuweisen, lieber erklärt er sein eigenes Leben für gescheitert.

Und wenn Männer wie Joseph sagen, sie hätten Angst – Angst davor, dass ihr Fußballverein verliert, die Ölpreise steigen oder der Winter einbricht –, dann wollen sie vielleicht nur sagen, dass sie sich fürchten, ihre Kinder würden sie eines Tages für Versager halten. Dass sie sich fürchten, ihren Söhnen in die Augen zu blicken. Der gute Kranführer Joseph, jetzt sitzt er am Tresen und trinkt ein gewöhnliches Bier mit vertrauten Menschen.

Männer in Kneipen sind Männer in Kneipen, ob gescheitert oder erfolgreich, in diesem Moment sind sie einfach nur Männer, die froh sind, dass man ihnen zuhört. Ab und zu sitze ich gerne dort und lausche ihren Geschichten. Irgendwann werde ich ihnen meine Geschichte erzählen. Eine Geschichte vom Glück oder eine vom Scheitern. Das weiß ich noch nicht.

Aber jetzt sitze ich an meinem Schreibtisch und frage mich, ob es mir zusteht, Männer wie Erich und Joseph zu einem Figurenentwurf zu degradieren, einem literarischen Motiv. Ob es mir zusteht, ihre Existenz zu romantisieren. Nun, ich schreibe. Ich habe mit Geschichten zu tun. Mit Sprache. Wir Autoren versuchen, die Dinge von außen zu betrachten. Manchmal neigt man, zu glauben, man würde wie ein Vogel, nah am Himmel, über diesen Dingen schweben. Doch ich kenne nur einen Menschen, der dem Himmel besonders nah war: Kranführer Joseph.

Und ich weiß, Joseph ist nicht gescheitert. Er hatte am Ende seines Lebens einfach nur kein Glück. Und jetzt sitzt er hier und hat Angst, gottverdammte Angst, seine Kinder irgendwann wiederzusehen und ihnen in die Augen zu blicken. Manchmal schaue ich auf diesen Bierdeckel. *Scheitern*. Nur ein Wort. Joseph war ein Schriftsteller. „Auf uns!"

Kalkschalen

Mehr als siebzig Jahre lebte er gemeinsam mit seiner geliebten Frau in einer kleinen Wohnung. Jeden Morgen um Punkt 7 Uhr stand er auf, ging in die Küche und machte das Radio an. Er öffnete die Fenster, schob die Gardinen zur Seite, kochte Kaffee, setzte das Wasser für die Eier auf und bereitete das restliche Frühstück vor. Dann weckte er seine Frau.

Und nur wenige Minuten später saßen die beiden gemeinsam am gebeizten Küchentisch. Sie sahen sich an und fingen an, zu erzählen. Sie sagte, dass Staub auf den Jalousien liege, und er sagte, dass der beigefarbene Teller einen Sprung habe. Dann schwiegen sie. Sie sagte, dass die Kinder bald mal wieder anrufen könnten, und er sagte, dass er gleich rausgehen werde, um die Zeitung zu kaufen. Er sagte, dass der Tabak wieder leer sei, und sie sagte, dass er nicht mehr so viel rauchen solle. Dann schwiegen sie.

Und jeden Morgen um Viertel vor acht sahen sie sich an, schlugen ihr Frühstücksei in perfekter Simultanität auf den stumpfen Rand ihres Holztisches und lächelten über das ganze Gesicht. Dann schwiegen sie.

Der Fortgang der Symmetrie

Schienenrattern. Draußen der Wald. Wimmernde Wipfel. Wankend, schwankend in frühen Luftstromwellenlinien. Ratternde Räder gleiten auf den stets gleichen leisen Gleisen. Wenn sich ein Regentropfen auf das Kabel legt, dann hörst du dieses Surren. Parallel zu den Gleisen die Strommasten. Als würden die Kabel alle Städte dieser Welt verbinden, als würden sie sonst verschwinden – die Städte –, wenn man sie nicht festhielte. Aufgereiht in symmetrischen Abständen stehen sie mit strammen, aufrechten Körpern erhobenen Hauptes in der Landschaft. Sie wirken bedrohlich und doch strahlen sie eine gewisse Ruhe auf mich aus. Eine Konstante, ein in Briefen und Notizen wiederkehrendes Motiv. Zentral, zwanghaft. Sie wachen am Gleisrand. Auf den Feldern. Mit ausgebreiteten Armen. In ihrem Stolz und dem entschlossenen Ausdruck erinnern sie mich an einen kleinen Jungen aus einem vergangenen Traum. Mit festem Willen und absolutem Glauben an sich rennt er mit ausgestreckten Armen über die Landebahn eines stillgelegten Flughafens und versucht, zu fliegen. Es ist, als würden sie jederzeit abheben.

Parallel zu den Zugschienen verlaufend, bilden sie die Armee der gescheiterten Gleitflieger. Zu schön, um sie während einer Reise ungesehen am Fenster vorbeirasen zu lassen. Zu gleichmäßig, als dass sie das Bild der unberührten Natur in irgendeiner Weise stören würden. Abertausende Strommasten. Und in allen Ländern sehen sie verschieden aus. Manche stehen dort mit hängenden Armen. Sie wirken kraftlos, scheinen sich mit ihrem Schicksal abgefunden zu haben. Regungslose Starre. Nicht mehr als Kabelhalter in einem Filmstudio. Wie Bäume sprießen sie. Ihre Stahlstämme bohren sich aus dem Boden. Ob sie ein Wurzelsystem besitzen? Winzige Sprossen, die sich durch das Erdreich schlängeln?

Manchmal glaube ich, einen vergessenen Bahnhof wahrzunehmen. Doch es sind nur Gartenlauben und Forsthütten. Weit hinten sitzt ein Mann auf einem Hochsitz. Und irgendwann verschwindet alles hinter Bäumen oder verzerrt sich im Rausch der Geschwindigkeit.

Und dann sehe ich dich an. Und ich stelle mir vor, wie du den Strommast nimmst und ihn wegträgst, einfach so auf deinem Rücken. Nur um mich zu ärgern. Du stemmst ihn hoch und trägst ihn fort. Und dann kommst du wieder, mit diesem schelmischen Ausdruck im Gesicht und ich wäre dir ein wenig böse. Ganz kurz. Du trägst ihn einfach weg. Ich weiß, du würdest das tun. Du magst es, meine Bilder zu radieren. Diese feinen Details, da würdest du dir durchaus die Mühe machen. Und wenn ich ein Bild malte von tausenden linearen Kopfsteinpflasterfugen, dann würdest du dich hinstellen und heimlich einen Stein verändern, etwas schräg anordnen. Dafür würdest du Tag und Nacht opfern. Nur für ein paar dünne Pinselstriche. Und du wüsstest gar nicht, ob ich es merken würde. Aber irgendwie wüsstest du es doch. Und du wüsstest auch, dass ich dann sofort dächte, dass du das warst. Und du würdest dich freuen, weil ich mich ärgerte und schimpfte. Ein bisschen zumindest. Und du würdest mich dabei beobachten und dir klammheimlich ins Fäustchen lachen.

Weißt du noch, wie wir Wörter gesammelt haben? Mit unserem Tonbandgerät durch die Straßen liefen und aus diesen Wörtern eine Geschichte namens *Bordsteintexturen* geschrieben haben?

Und dann warst du irgendwann weg. Und dann war plötzlich Frühling und Sommer und kein Regen mehr, kein

Geräusch. Nur noch Sommer. Und irgendwie war wieder alles Symmetrie, alles war geordnet. Meine Wäscheklammern waren farbig sortiert. Die Gießkannen waren wieder grün. Und du warst fort. Und ich weiß nicht, wie die Gießkannen bei dir aussahen. Aber die Strommasten sahen bestimmt anders aus. Und trotzdem hielten sie dieselben Kabel fest. Da war eigentlich nie Distanz, kein Abschied.

Es gibt keine Distanz mehr, keinen Fortgang von Menschen. Alles ist verbunden mit Gleisen und Masten. Aber ich habe sie herbeigesehnt, diese Distanz. Um Ordnung in meinem Leben zu schaffen. Und dann habe ich dir nicht mehr geschrieben. Ich habe den Hörer nicht mehr in die Hand genommen. Und alle Farben waren nun wieder sortiert. Alle Bücher im Regal nach Größe geordnet, alle Leinwände hingen geometrisch an der Wand und alle Fugen waren wieder linear. Und du, du warst fort. Du und dein Radierer. Aber irgendwann kam wieder Post von dir. Denn da gab es die kleine pastellgelbe Telefonzelle in dem Blechdöschen, die ich dir mitgegeben habe. Einfach um zu sagen: Ich bin da. Mehr nicht.

Eines Tages erreichte mich dieser Brief und die Geschichte von Herrn G., der unter seinen Fingernägeln Farbe hatte, weil er alle Gießkannen in seinem Geschäft wieder grün angemalt hat. Und dann sah ich die Fotos mit der kleinen Telefonzelle mitten in der Prärie. Und ich wusste, es gibt keine Distanz. Nicht zwischen uns. Aber ich habe sie doch gebraucht. *Der Fortgang der Symmetrie*, so könntest du dein Buch nennen, dachte ich nur. Aber ich brauchte doch mal Ordnung, so etwas wie Konstanz. Immer dieselben Zeilen in den Kopfhörern. Die Konzertkarte, die du mir geschickt hast. Ein Song: *So seltsam durch die Nacht.* Der Mann mit der Gitarre. Aber mein Platz im Publikum blieb leer. Und diese Karte hängt jetzt schief an der Wand. Und immer wieder fuhr ich auf diesen Schienen von Stadt zu Stadt.

Und alles war gut, eigentlich. Aber irgendwann kam der Tag, an dem du einfach wieder da warst. Heimlich geschaut hast du wieder, hinter der Laterne. Und ich wusste genau, jeden Moment würdest du dein Radiergummi auspacken oder irgendwelche Strommasten forttragen, nur damit ich schimpfe. So ganz kurz. Und auf einmal lagst du wieder da in meinen Armen und ich wollte dich nie wieder loslassen. Einfach nur festhalten, so als würdest du sonst verschwinden. Jetzt sitze ich in diesem Zug, und da ist dieser Tropfen an der Scheibe. Die meisten Tropfen prasseln einfach ab, formieren sich zu Regenbildern oder werden vom Wind mitgerissen. Aber dieser hier ist standhaft. Er zittert, scheint sich mit letzter Kraft zu wehren, haftet an der Scheibe, mitten im Fahrtwind. Lass doch einfach los, denke ich. Lass doch endlich los und verschwinde von hier.

Was bleibt, sind die Strommasten. Eine Armee der gescheiterten Gleitflieger. Sie drängen sich auf, nicht vergessen zu werden. Irgendwann werden sie zusammenfallen. Die weltgrößte Kettenreaktion. Wie Dominosteine werden sie kippen, einer nach dem anderen. Ich kann nicht in Worte fassen, was ich in ihnen erkenne, was mich in ihren Bann zieht – vielleicht so etwas wie Anmut.

Schienenrattern. Draußen der Wald. Wimmernde Wipfel. Wankend, schwankend in frühen Luftstromwellenlinien. Ratternde Räder gleiten auf den stets gleichen leisen Gleisen.

Entrückung

Als die Lage der Welt ihn mehr und mehr betrübte, er sie gar für vollkommen schief und entrückt hielt, da fasste Herr Winter einen Entschluss. Er schloss die Türe, machte die Fenster und Vorhänge zu und schaltete das kleine Nachtlicht an. Von diesem Tag an blieb er in seiner Wohnung. Er ließ Fernsehen und Radio aus, und auch die Zeitung verfolgte er nicht mehr. Und immer, wenn ihn die Einsamkeit plagte, schrieb er auf ein Blatt Papier: „Die Welt ist schön. Ich bin ein glücklicher Mann."

Als seine Söhne nach Wochen die Aufzeichnungen fanden, vermuteten sie, so glücklich sei wohl noch niemand zugrunde gegangen. Eine seltsame Geschichte.

Die Poesie des Teebeutelschlackerns

Als die Männer auf der Baustelle in der Mittagspause die Frage aufkommen ließen, ob es ein schöneres Geräusch gäbe, als das der alten Stempeluhr, sagte der Gerüstarbeiter Dinkelmeier: „Ich liebe das dumpfe Geräusch, wenn man einen nassen Teebeutel wie den Zeiger einer Kuckucksuhr im konstanten Takt gegen die blecherne Innenseite eines Spülbeckens schlägt."

Da schauten sie alle verwundert und machten Scherze über seine lyrische Art, einen Poeten nannten sie ihn abwertend, nicht ohne ein gewisses Augenzwinkern.

Und als die Männer am Abend in ihre Wohnungen heimkehrten, da setzten sie, noch bevor sie Jacken und Stiefel auszogen, einen Pfefferminztee auf, nahmen den nassen Beutel und ließen ihn am Faden im konstanten Takt gegen die blecherne Innenseite des Spülbeckens platschen. Und auf eine gewisse Art fanden sie es alle äußerst bezaubernd und freuten sich wie die Kinder über ihre tonale Entdeckung.

Das bisschen Schönheit werden wir nicht mehr los

Unter uns eine Miniaturlandschaft. Letzte Reste von Regenwasser in den Rillen der Wellblechdächer, blassblaue aufeinandergestapelte Blechcontainer, daneben eine Betonmischmaschine. Ein Mann steht dort und es wirkt gar so, als läge ihm ein Lied auf den Lippen.

Wir sitzen auf dem Rand des Parkhausdaches und schauen mit halbzugekniffenen Augen in die glühende Mittagssonne. Ein Rohbau, graue, unverputzte Betonwände, fensterlos. Und vor unseren Augen ein riesiges Territorium, auf dem die Bauarbeiter wie Ameisenherden umherschwirren.

Überall stählerne Stützpfeiler, die wie Mikadostäbchen aufgetürmt auf dem Boden liegen. Ein riesiges Spielfeld aus Pappe. Gerüstarbeiter – aus der Entfernung betrachtet, wirken sie wie verpixelte Männchen in einem alten Videospiel. Mit ihren gelben Helmen bewegen sie sich kreuz und quer auf den Baugerüsten. Eine Welt wie in Zeitlupe.

Überall Stein- und Schuttberge neben der riesigen ausgehöhlten Schlucht. Da sind Giraffen – majestätische Baukräne, deren Hälse in die Höhe ragen. Womöglich sitzt irgendwo auf den Kränen ein Dirigent und leitet das Geschehen, er sitzt dort und blickt herab auf die Philharmonie im Orchestergraben.

Und sieh! Zwei Männer spielen mit einer riesigen Handbügelsäge Violine auf den Stahlrohren. Das leise Brummen des Betonmischers, tapsende Stiefelsohlen auf dem raschelnden Kies, kaum hörbar. Und dann ein imposantes Trommelsolo mit dem Presslufthammer.

In der Sonne sitzen einige Arbeiter mit ihrem Filterkaffee vor den Drahtzäunen und rauchen Zigaretten, pusten den blauen Dunst in den klaren Himmel. Ihre Beine baumeln wie Scheibenwischer im Takt. Es hat etwas ungemein Kindliches. Alles wirkt wie ein riesiger Spielplatz: die Bauschuttrutsche, die Schaukelseile an den Kränen, die riesigen Sandbuchten. Schau nur, auf der anderen Seite: zwei Goldgräber. Kleine Kinder, die sich heimlich unter dem Zaun Zutritt verschaffen haben und nun mit ausgedienten, löchrigen Stiefeln Kieselsteine aus den Wasserpfützen schöpfen.

Wenn man die Lider in Sekundenschnelle auf- und zuschlägt, dann erscheint alles wie ein Super-8-Schmalspurfilm. Aneinandergereihte Bildfragmente, leicht verzerrt, zögernd, zaudernd. Zitternde Wimpern über den schwachschwarzen Pupillen.

Ich glaube an den König der Kräne, ich glaube an Giraffen, an Gerüstarbeiter in Bauschuttrutschen und daran, dass sie als Kind den Traum hatten, ein riesiges Gerüst zu bauen, um die Kumuluswolken zu besiedeln. Ich glaube daran, dass sie tagtäglich einen heimlichen Blick in ein fremdes Leben erhaschen, wenn sie sich wie Efeuzweige an den Häuserfassaden und Fensterfronten entlangschlängeln.

Lastwagen mit blauen Planen, vor dem Gitterzaun geparkte Zeltstädte, überall Planierraupen und Bagger, die mit ihren Schaufeln den Schutt aufwühlen und Staubwolken erschaffen. Die Baggerarme greifen im gleichmäßigen, zuckenden Takt.

Der König der Kräne, er wacht dort oben über uns. Ein kleiner Reiter auf einer kenianischen Massai-Giraffe. Jeden Moment könnte sie ihren Kopf senken, um einen großen Schluck aus dem Wassergraben zu schlürfen. Jeden Moment könnte sie über den Zaun springen und in die Grassteppe fliehen. Aber noch nickt und tanzt sie zu den Klängen des

Orchesters. Der Dirigent im lindgrünen Mantel schwingt den hölzernen Taktstock.

Und wir? Nun, wir sehen, wie sie unsere Umgebung verändern. Wie sie diesen Ort mit all unseren Erinnerungen, die in verblassten Schriftzügen daran haften, auf einen Schlag vernichten und dem Erdboden gleichmachen. Ein kompletter Häuserblock. Aber was sollen wir tun? Auch hier in diesem Parkhaus werden in naher Zukunft neue Erinnerungen wachsen – ein erster Kuss in der 3. Etage, Verstecken spielen hinter all den Säulen und Autos, nachts mit dem Skateboard die Abfahrten hinabbrettern, eine heimliche Zigarette, Unterschlupf finden vor dem plötzlichen Regenschauer auf dem Bolzplatz und diese Minuten, in denen wir beide hier oben sitzen und auf die gigantische Miniaturlandschaft schauen und diese uns fremde Welt verklären: die Mikadostäbchen, die Wassergrube, tanzende Bagger, kenianische Giraffen und der König der Kräne. Sie können unsere Welt von Grund auf zertrümmern, aber das bisschen Schönheit werden sie nicht mehr los.

Das Schachspiel

Sie hat jetzt wieder regelmäßigen Besuch. Zunächst hat sie die Tischdecken und Vorhänge gebügelt, das gute Porzellangeschirr herausgeholt und das hölzerne Schachspiel auf den Tisch gestellt. Dann hat sie Schnittblumen gekauft. Sie hat Kaffee gekocht und den Bienenstich angeschnitten. Nun sitzt sie am Küchentisch und schaut nach draußen. Am Mittag, gegen 13 Uhr, stehen die Gerüstarbeiter vor dem Fenster. Und manchmal, so glaubt sie, werfen diese einen klammheimlichen Blick in ihre Wohnung. Dann stellt sie sich vor, wie die Männer am Abend heimkehren und ihren Frauen von ihr berichten würden. Sie würden von ihrer Frisur erzählen, von dem schönen Geschirr und den Büchern in ihrem Regal. Sie würden erzählen, dass in der Wohnung eine attraktive Dame im mittleren Alter wohnt. Dass es schön wäre, sie eines Tages kennenzulernen und mit ihr eine Partie Schach zu spielen, dass es nach frischgemahlenem Kaffee rieche, nach Kuchen und Schnittblumen.

Zwei Wochen später sind die Männer fort. Wenn sie das Fenster öffnet, riecht es nach frischer Farbe. Auf dem Küchentisch ein Schachspiel. Am 4. September werden ihre Enkel kommen. Da hat sie Geburtstag.

Die Geräusche des Glaubens

„Vater, segne diese Speise. Uns zur Stärke, dir zum Preise."

Meine Großmutter sprach diese Zeilen mit Bedacht und ich blickte sie erstaunt und interessiert an. Ihre alten, von der Zeit gezeichneten Hände waren fest ineinander verschränkt, so als hielte sie eine wertvolle Murmel darin versteckt, die es zu beschützen und zu bewahren gilt. Ihre Augen waren fest verschlossen, doch ich hatte das fortwährende Gefühl, dass sie jede meiner Bewegungen beobachten könnte. Und so faltete auch ich meine Hände, sprach das Gebet in einer seltsamen Form von Gleichzeitigkeit mit. Ich wusste nicht, warum. Anfangs betrachtete ich das Ganze als eine Art Spiel. Ich wartete stets darauf, dass sich zwischen ihren faltigen Lidern eine weiße Linie abzeichnet. Wer den anderen zuerst heimlich ansieht, verliert. Und ich genoss die Vorfreude, sie jederzeit ertappen zu können. Irgendwann wurde das Spiel ein wenig fad, da meine Großmutter wesentlich konsequenter war. Ob sie jemals geschummelt hat? Ich spielte weiterhin mit, vermutete jedoch nach einiger Zeit, dass sie enttäuscht von ihrem Enkel wäre, wenn dieser sich weigern würde. So kam es, dass ich als kleiner Junge sehr früh mit dem Gebet konfrontiert wurde. Ich wusste nicht so recht, was das alles bedeuten sollte, und doch genoss ich bei jedem Besuch dieses schöne Ritual der Gleichzeitigkeit.

„Oma, warum beten wir?"

„Weil wir Danke sagen wollen. Weil Gott uns zuhört."

„Gott?"

„Ja, Gott."

Ich hatte von diesem Gott bereits gehört und hakte nach. „Der im Himmel?"

„Nein, der in deinem Herzen."

Nun, mir schien die Vorstellung von Gott im Himmel damals bereits sehr merkwürdig. Aber im Herzen? Das wurde immer lustiger. Mein Vater zeigte mir, wo das Herz im menschlichen Körper liegt, und er erklärte mir, dass es aus zwei Kammern und einem Vorhof besteht. Klingt nach einem schönen Zuhause. Aber so wirklich viel Platz konnte dort doch nicht sein. Muss ganz schön klein sein, dieser Gott, dachte ich. Den im Himmel habe ich mir jedenfalls wesentlich größer vorgestellt. Diese Herzgeschichte erschien mir äußerst unglaubwürdig. Aber ich dachte, zumindest würde es das regelmäßige Schlagen und Pochen erklären. Nur warum lässt man ihn dann nicht raus, wenn er doch die ganze Zeit klopft? Viele Fragen schossen mir durch den Kopf. Ich behielt sie für mich.

Meine Großmutter war sehr berühmt als Märchen- und Geschichtenerzählerin. Die Kinder wussten meist genau, dass sie angeschwindelt werden, aber sie liebten es, ihr zuzuhören. Manchmal wird man schließlich ganz gerne angeflunkert. Und so wusste auch ich ganz genau, dass diese Herzgeschichte niemals wahr sein könnte. Trotzdem war es eine schöne Geschichte. Und ich liebte es, meiner Großmutter zuzuhören.

Einige Jahre später wurde mir zunehmend bewusst, dass es sich diesmal wohl nicht um eins von Großmutters Märchen handelte. Sie gab sich bei ihren Geschichten jedes Mal sehr viel Mühe, aber diese hier war anders.

Sie inszenierte die Geschichte in einer beharrlichen Konstanz. Zunächst dachte ich, dass sie wirklich überzeugt sei, ich würde ihr die Geschichte abnehmen, und dass sie sie nur deswegen so facettenreich ausschmückte, um mich nicht zu enttäuschen. Diesen scheinbaren Schwindel wollte sie wohl nicht platzen lassen. Mit der Zeit dachte ich immer mehr, sie würde ihre eigene Geschichte selber glauben. „Glauben", so nannte sie ihre Geschichte übrigens. Vieles habe ich von dieser Geschichte nicht verstanden, aber ich mochte die Intensität, in der meine Großmutter sie erzählte und aufführte.

Im Nachhinein kann ich sagen: Ich liebte die Geräusche des Glaubens. Das Klackern der Holzfiguren vom Krippenspiel, das Rascheln der hauchzarten Seiten ihres Psalmenkalenders, das Knacken der Fingerknochen nach einem langen Gebet. Vor allem aber mochte ich die Stimmlage, in der sie die kurzen Gedichte und Verse vortrug. „Vater, segne diese Speise."

Viele dieser Sätze sprach sie im Stillen in sich hinein. Es wirkte seltsam auf mich. Manchmal, wenn sie glücklich schien, dann ihre Augen schloss und die Hände faltete, fing sie urplötzlich an, zu weinen. Und wenn es ihr besonders schlecht ging, weil sie Schmerzen hatte oder an meinen Großvater dachte, dann fing sie im Gebet an, bis über beide Ohren zu grinsen. Wirklich sehr merkwürdig, dieses „Glauben". Und plötzlich dachte ich an mein Herz, an den kleinen Menschen, der da zusammengeknäult in einer engen Kammer saß.

Ich erinnere mich an einen kühlen Sonntagmorgen. Der Tag, an dem ich das erste Mal eine Kirche betrat. Ich blieb damals lange vor diesem Gebäude stehen, schaute es mir von oben bis unten detailgenau an. Die Kirchturmspitze, die Rundbögen, die bunt gefärbten Fenster, die riesige Uhr. Es war ein unsagbar faszinierendes Gebäude, und doch machte es mir auf eine seltsame Weise Angst. Ich hatte stets das Bedürfnis, einen Schritt zurückzugehen, anstatt mich dieser Tür nähern zu wollen.

Nun sind viele Jahre vergangen. Dass ein kleiner Gott nicht in meiner linken Herzkammer auf einem Stuhl sitzt, habe ich inzwischen verstanden. Den Rest nicht, weder die Welt, das Leben, den Menschen noch den Glauben. Ich bin kein religiöser Mensch, so viel kann ich sagen. Aber glauben? Ich weiß es nicht. Ich weiß, dass ich das Schreiben und Erzählen liebe, dass ich es liebe, Geschichten zu hören. Angenommen, meine Großmutter war sich stets bewusst, dass das alles eine Geschichte war, dann finde ich es doch bemerkenswert, wie sie in dieser Geschichte gelebt hat und wie sehr sie sie gebraucht hat. Und vor allem, mit wie viel Mühe und Sorgsamkeit sie diese Geschichte weitergegeben hat. Mit welcher Absicht auch immer. Vielleicht einfach nur des Erzählens wegen. Die Geschichte mit dem Glauben faszinierte mich besonders, weil es keine Erzählung ist, die Antworten fordert, sondern eine, die Fragen nicht nur zulässt, sondern auch stellt. Der Vorgang des Schreibens ist ähnlich. Ich schreibe und statt Klarheit gewinne ich Ungewissheit, einen inneren Aufruhr. Finde vielleicht eine Antwort auf eine Frage, aber letztlich entstehen im Prozess viele neue Fragen, die ich mir eigentlich nicht gestellt hatte.

Und wenn Glauben bedeutet, mit Fragen zu leben statt mit Antworten, dann vermute ich, dass ich ein gläubiger Mensch bin. Zur Kirche habe ich keinen Bezug, aber noch immer mag ich das Geräusch der knirschenden Fingerknochen beim gemeinsamen Gebet. Gott habe ich noch nicht gefunden, bisweilen aber auch nicht gesucht. Ich weiß nicht, ob er irgendwann von einer Wolke plumpst, eine Herzwand einschlägt oder sich heimlich ins Fäustchen lacht beim Gedanken, er würde in irgendeines Menschen Herzen wohnen. Ich weiß, dass Glauben für viele Menschen Hoffnung und Zuversicht bedeutet. Meine Großmutter hat ihren Glauben gebraucht. Und sie hatte eine besondere Eigenschaft – Demut vor dem Leben.

Ich habe keine Angst, dass die Menschen den Glauben mehr und mehr verlieren, aber ich habe Angst, dass die Menschen ihre Geschichten verlieren. Erzählen ist etwas sehr Wertvolles.

Acryl auf Leinwand, 50 x 70

Einst hat er ein Wort verloren. Gefunden hat er es bis heute nie wieder. Fortan wollte er also achtsamer mit der Sprache umgehen, das nahm er sich fest vor. Und als die beiden sich, nachdem sie nun schon einige Zeit miteinander verbracht haben, in seinem Atelier einfanden, da sah er sie an und wollte ihr vieles erzählen. Geschichten vom Tag, seinem Leben und den Empfindungen, die er für sie hatte. Doch alles sollte stumm bleiben. Eine Art Experiment, der Versuch, auf Worte zu verzichten. Reine Reduktion auf Außengeräusche – Straßenlärm, der dumpfe Hall gesprochener Sätze vorübergehender Spaziergänger, das Ticken des Uhrzeigers und die Klangfarbe ihrer Atemzüge. Schweigen. Denn einst, da hat er ein Wort verloren.

Also grundierten sie die Leinwand, nahmen den Pinsel und ließen ihn Sprache sein. Jeder Satz drang langsam durch, ganz zaghaft, wie Zucker, der durch kalten Milchschaum sickert. Die Inszenierung eines kolorierten Gesprächs. Manchmal plätscherte ein wässriger Farbtropfen ganz langsam die Leinwand hinunter, schlängelte sich an Punkten und Konturen vorbei und verlor sich schließlich am Grunde des Bildes. Jeder noch so willkürlich erscheinende Pinselstrich war so etwas wie der Versuch einer Teilhabe am Gedanken des anderen. Er nahm den Pinsel und zog mit den Fingern langsam an den Borsten, um die Farbe dann fast schon gewaltsam auf das Gemälde zu schleudern. Die Farbe zerstäubte sich sprühregengleich in kleinsten Pigmenten über die Leinwand. Letztlich war alles nur eine Frage des Abstands. So viel hat er ihr damals erzählt. Als sie auf dem Holzboden des alten Zimmers saßen und er ihr sagte, dass …

Was fehlte, war eine Art Filter. Oft scheint man die Dinge, sobald sie ausgesprochen sind, auf seltsame Art zu entwerten. Hätte er doch einfach gewartet. Jedwede Befangenheit hätte im Keim erstickt werden können. Womöglich. Vielleicht auch nicht, vielleicht war alles gut, wie es war. Doch ihm war, als hätte er ein Wort verloren. Womöglich kann er es irgendwann wiederfinden. Am Grund vielleicht.

Blaue Noten und leiser Zweifel

Du weißt, du liebst Jazz – das Unerwartete, diesen Hauch von Atonalität, der sich kaum bemüht, den gewohnten Harmonien zu entsprechen. Du liebst Jazz, weil er so unrein ist, das Knistern der Platten, das mattsilbrige Saxophon, das seit Jahren im Keller schlummert. Denn damit ist die Erinnerung an diesen Menschen verbunden. Diesen ruhigen, unscheinbaren Menschen, der nie ein Wort gesagt hat. Der immer geschwiegen hat. Und dann betrat er die Bühne in diesem dunklen, verrauchten Club, nahm sein Saxophon und war lauter denn je. Das war seine Sprache. In diesem Moment hat er die Welt verändert. Und jetzt schlummert sein Saxophon im Keller, neben den morschen Brettern und den vergessenen Träumen. Du machst das Radio an, drehst an dem Rädchen und hörst irgendwann erneut diesen Klang. Blaue Noten. Deine Augen glitzern. Du weißt, du liebst diesen Klang über alles, dieses Fortbleiben von Harmonie, dieses imposante blecherne Dröhnen, diesen Takt, die Dynamik, dieses Leben. Jede damit verbundene Erinnerung.

Aber manchmal läuft da diese Musik, die du eigentlich liebst, du wirst wach, öffnest deine Lider, kratzt an deinen sandigen Augen und denkst: „Gottverdammt! Es ist Sonntag früh am Morgen. Warum läuft denn da Jazz?"

Und dann gehst du irgendwann in die Küche, schaltest das Radio aus, machst dir einen Kaffee und rauchst zwei Zigaretten. Nach einigen Minuten setzt du dich an dein Klavier und öffnest die Klappe. Du sitzt nur da, schaust auf die Tasten und die staubigen Fugen. Irgendwann wandert dein rechter Zeigefinger über die Klaviatur und bleibt irgendwo stehen, du schließt die Augen und plötzlich erklingt dieser Ton wie von selbst. Du weißt: Ja, genau. Das war er, dieser Ton. Dieser stille Sonntagmorgenton.

Und da ist es wieder: das flackernde Funkeln in deinen Augen. Plötzlich entsteht diese ganze Komposition wie von selbst, irgendwo aus der Peripherie deiner Erinnerung. Reminiszenzen deiner Kindheit, Bruchstücke von Harmonie, sie wandern aus deiner Vorstellung unmittelbar in deine Fingerspitzen. Kein Ton wirkt hier unerwartet, kein Hauch von Atonalität, reine Perfektion.

Es sind diese Morgen. Sonntag früh, nur du und das Klavier, die Intensität eines Augenblicks. Und die blauen Noten schlummern in der Kiste im Keller. Das ist grad nicht der Zeitpunkt für Jazz. Und es sind diese Abende davor. Du hockst in der Bar, sitzt auf dem Hocker, grummelst vor dich hin und hältst mit zitternden Händen dein Glas fest. Du sitzt nicht hier, weil du willst, sondern nur, weil Samstagabend ist und weil es seltsam wäre, wenn man Zuhause säße. Jetzt sitzt du dort und schimpfst und schweigst. Plötzlich ertönt dieser Song und zum ersten Mal in deinem Leben tanzt du. Wie von Geisterhand bewegen sich deine Beine im Takt und du verstehst dich selber nicht mehr. Du *tanzt*.

Es sind diese Abende davor, an denen alles aufgewühlt wird, alles in Frage gestellt wird. An denen du einfach nur mit deiner Frau auf dem Sofa sitzen willst, einen Film schauen, Wein trinken. Nur du und dein Mädchen, viel rauchen, viel schweigen. Schon Tage zuvor freust du dich auf diesen Abend. Und irgendwann, mitten im Film, legt sie ihren Kopf auf deine Schultern und du denkst: Hey, doch nicht jetzt. Das ist wirklich nicht der Moment.

Du liebst eine Frau, ranntest ihr ein Leben lang hinterher, vergaßt deinen Stolz und deine Angst vor dem *Wir*. Denn du wusstest, du liebst sie. Irgendwann war sie dann da, alles ist nahezu perfekt und du merkst: Nein, da ist grad gar nicht die Zeit für. Wie willst du denn jemandem Halt bieten, wo du doch selber so taumelst? Wo du selber grad tanzt. *Du*, der eigentlich nie tanzt. Zeit und Raum, es ist alles verkehrt. Vielleicht nur in dieser Sekunde. In der du den Deckel des Klaviers zuklappst und deine alten Jazzplatten auflegst. Blaue Noten und leiser Zweifel.

Kardamom

Alles ist unerwartet. Das Fehlen jedweder eingespielten Rituale und Abfolgen, ein synchrones Spiel von Aktion und Reaktion, die Beschaffenheit einer fremden Haut, Strukturen von Fingerknochen und den fragilen Aderlinien an den Unterarmen. Ein taktiles Aneignen, das In-Besitz-Nehmen von Oberfläche. Die Flimmerhärchen am Nacken aufragend wie dezente Grashalme, nur sichtbar im schwach schimmernden Licht zwischen den Jalousien. Du wartest auf Variationen von Stimmlage bei steigendem Puls, die Intensität der Atemschläge, die Dauer eines Augenkontakts. Geschlossene Lider, betonschwer und träge.

    Dein Körper entflieht dir, verliert sich ganz in diesem Moment, flackernder Atem. Von ihren wimmernden Wimpern bröckelt Gestein. Oder Kohlenstaub. Bei jedem seltenen Augenaufschlag. Schwarze Tasten, endlose Klaviatur bei zunehmender Frequenz ihrer Luftzüge. Im Hintergrund der sonore Sängerknabe, lichttragend. Dann Fortgang des Solisten aus Phosphor. Der Vorhang fällt. Die Träger des Negligés langsam abgestreift, schwebt der durchlässige Stoff auf den Dielenboden. Die Zeit zerfließt, Augen verschlossen. Die seitliche Einbuchtung über den Hüften, stramme Haut an den Oberschenkeln. Ihren Körper umschließend, dirigieren die Hände bestimmend den Takt des Aktes.

    Im Nebenraum plätschert ein Wasserhahn, du sagst Worte wie _____ und _____. Morphem für Morphem fällt und zerbricht in Ohrmuscheln. Das Plätschern hört auf. Wohlgeruch, Parfümsegmente und warmer Schweiß, klirrende

Kopfnoten. Kardamom. Weiche hinabgleitende Küsse auf den sehnigen Hals. Unter der Brust dein pochendes Herz.

Am nächsten Morgen der Fortgang des Reizes und jedweder Mystik. Eine seltsame Form der Entwertung, welke Blüten am Fensterbrett. Ein Topf mit warmer Milch auf der rostigen Herdplatte, kalkweißes Liquid überzogen von einem dünnen Film. Dann Tabak und Schweigen, ein verlegener Schluck vom Kaffee. Inszenierte Aufrichtigkeit, ein Kuss, von dem beide wissen, dass er so was ist wie ein höfliches *Fuck You*. Bloße Präsenz der Körper, Reduktion auf Materialität, keine Erinnerung, keine Regung.

Was bleibt, ist ein einsamer Kaffeelöffel im Spülbecken als einziges Satzzeichen in einem Gespräch ohne Worte. Und dann stehst du da und versuchst, das zu ergründen, du fährst im Morgendämmern über die Autobahn und deine Scheibenwischer wischen in 180 BPM, bilden Schlieren auf den beschlagenen Frontscheiben.

Zuhause angekommen, eine Stunde geduscht, nimmst du Platz auf dem Sessel und schreibst eine Nachricht: *Du fehlst schon jetzt. Es war sonderbar schön.* Du nimmst einen kräftigen Schluck aus der Flasche und lässt dir den Schnaps in den lüsternen Rachen gleiten, du verhinderter Feuerschlucker. Dann siehst du dich im Spiegel und könntest dir in deine feige, selbstsüchtige Fresse schlagen. Nur noch Bruchstücke von Selbstachtung. Du öffnest die Tür des Schlafzimmers, legst dich neben deine Frau und schließt deine Augen. Unter der Brust dein pochendes Herz.

Herzkranzgefäße

Man sagt, sie habe es am Herzen. Ein zäher Schmerz in der linken Brust, schwaches, aber konstantes Stechen. Eine simulierte Krankheit, vermutet man. Eine Form der Hypochondrie. Kein Befund, nur Symptom. Man sagt, sie habe es am Herzen. Das sagt man. Man spürt es, irgendwie.

Jeden Tag ist sie hier. An diesem Ort des Wartens. Ein quadratischer Raum. Symmetrische Stuhlkonstellationen. Cremefarbene Wände. An jeder Seite ein Bilderrahmen. Kindliche Buntstiftzeichnungen. Dazwischen ein weiterer Rahmen, verdeckt vom Kopf eines großgewachsenen Mannes. Eine junge Frau, Mitte dreißig, sonderbar reizend und mild wirkt sie. Sie sitzt hier auf den Plastikstühlen, mal vorne links, mal am Fenster, mal direkt an der Tür. Man duldet sie hier. Auch ohne Termin. Sie liest in den Zeitschriften, deren bunte Fronten von blauer Pappe verdeckt werden. Aber meist sitzt sie einfach nur dort, mit einem zaudernden, argwöhnischen Lächeln und spricht mit den Menschen. Und trotz ihrer bangen Befangenheit strahlt sie so was aus wie Selbstgenügsamkeit.

Über der Tür hängt ein kreisrundes Ziffernblatt. Der zaghafte Zeiger tickt in gewohnter Gleichmäßigkeit. Kein Zögern. Zeit zögert nicht. Ein alter Herr, dessen Herz vermutlich nicht mehr lange schlagen wird, er kommt auch sehr oft hierher und sitzt ab und zu neben der jungen Dame. Man unterhält sich über die Familie, das Glück, Schmerz und die Kardiologie.

Der alte Herr hat sehr viele Bücher über Kardiologie gelesen. „Das macht man, wenn man alt wird", sagt er.

Die junge Dame fragt, ob ihn das früher auch schon interessiert hätte, die Lehre vom Herzen. „Die Lehre vom Herzen? Nein", sagt er.

Früher hatte er keine Zeit dafür gehabt, da interessierte ihn jahrelang nur das Vergessen. Die Lehre vom Entschwinden. Für die Lehre des Herzens sei kein Raum dagewesen. Aber jetzt ist der Raum da. Denn jetzt wartet man auf den Tod. Da kann man sich mit Kardiologie beschäftigen, beim Warten. Irgendwann fragte er die junge Frau, worauf sie denn warte. Und sie antwortete: „Auf mich. Ich warte auf mich. Mir fehlt die Fähigkeit, das Warten anzunehmen. Sehen Sie, ich warte schon, seit ich ein Kind bin. Ich warte auf Sprache, auf Koordination, auf Ruhe, auf Lärm, auf Regen, auf Licht, auf die Nacht, auf Farbe, auf Antwort, auf Grün, auf das Glück, auf den Regen, auf die Post, auf die Liebe, auf den Zug … Und wenn der Zug dann da ist und ich an meinem Platz sitze, warte ich schon auf die Ankunft. Und wenn die Sprache da ist, warte ich auf die Stille. Sehen Sie, wenn ich doch schon warte, dann möchte ich dies an einem Ort tun, an dem ich es ganz bewusst tun kann. Erwarten Sie das nicht von mir? Erwarten Sie nicht, dass ich warte? Hier, in diesem Zimmer. Sie warten auf ein Rezept, eine Untersuchung, auf den Tod … und ich, ich warte auf *mich*."

Da sagte der Mann, dass er das gut verstehen könne. Dann ging er fort. Der Blick der jungen Dame wanderte zu einem Bild: *Die Topographie des menschlichen Herzens*. Sie riss ein Blatt aus ihrem Kalender und begann, die Arterien abzuzeichnen. Ein kranzförmiges, sehniges Geflecht von Koronargefäßen. Plötzlich, einige Minuten später, kam der alte Herr zurück, sah vorsichtig auf die Zeichnung und fragte: „Warum malen Sie denn keine Blätter? Sehen Sie mal, diese knochigen, kahlen Äste. Da fehlen doch die Blätter."

Da sagte sie, sie möge den Winter.

Ein Schauspiel

Am Wiener Theater wurde vor einigen Jahren ein treuer Darsteller des Hauses in Pension geschickt. Sämtliche Rollen, die er sich vorher wie kein Zweiter einzuverleiben mochte, könne er aufgrund seines zunehmenden Gedächtnisverlustes nicht mehr überzeugend interpretieren, so hieß es. Zwar könne er die entstandenen Textlücken durch gekonnte Improvisation angemessen überbrücken, doch wolle man das Schicksal und den guten Ruf des Hauses nicht in die Hände der Willkür legen.

Am 4. Mai 1982 wurde Berthold Siegert informiert, dass er in den Planungen des Intendanten in Zukunft keine Rolle mehr spielen werde. Schon wenige Tage später wurde er ersetzt, und selbst den treusten Zuschauern fiel nicht auf, dass eine Figur in dem Stück ausgetauscht wurde.

Dies ist das tragische Schicksal eines Schauspielers, der seine Rolle irgendwann so überzeugend interpretierte, dass er am Ende ohne Einschränkungen austauschbar wurde.

Wellblechblüten

Da war dieser Junge. Er saß dort an seinem Platz an der Haltestelle. Hier saß er oft. Wenn es regnete, setzte er sich auf die Bank, streckte seine Beine aus und badete seine Füße im Regen. Sein Kopf blieb trocken. Hier war er sicher. Er mochte es nicht, nass zu werden, aber seine Füße, *die* liebten es. Und so setzte er sich hier unter das Dach. Die Schuhe zog er aus und dann ließ er den kühlen Regen langsam durch seine Zehenspitzen rinnen. Ja, hier fühlte er sich wohl. Die Haltestelle der Linie 27. Ein karger Ort. Nur der Fahrplan hing dort unter dem beschmierten Plastik. Ein Mülleimer. Eine Bank. Und dieses Dach – dieses schmale Dach über ihm. Einmal, als er noch kleiner war, an einem lauwarmen Sommertag, kletterte er von der Laterne aus auf die Haltestelle, setzte sich auf das warme Wellblech, badete in der gleißenden Sonne und ließ seine Beine vom Dach hinunterbaumeln. Das muss bestimmt lustig aussehen, wenn man auf der Bank säße und nur diese beiden Beine vom Dach hinterbaumeln sähe, dachte er. Wie Regenrinnen. Er wollte es zu gern sehen. Aber das ging ja nicht. Wenn er auf der Bank säße, wessen Füße sollten dort zu sehen sein?

Dann und wann, wenn er auf dem Dach saß, legte er sich auf den Bauch und beobachte die Menschen von oben. Von unten konnte man ihn kaum sehen. Nur sein Kopf ragte ein klitzekleines Stück über den Rand hervor. Von oben sahen viele Menschen gleich aus. Besonders dann, wenn die Menschen sich unter ihren farbenfrohen Regenschirmen versteckten. Einen Anblick liebte er besonders: diese transparente

Kopfbedeckung, die alte Damen tragen, um sich vor Nässe zu schützen: Regenhauben. Von hier oben sah er ja nur die Köpfe und unter den Regenhauben konnte er das dichte Haar erkennen. Die graumelierten Dauerwellen schlummerten unter der durchsichtigen Folie. Von hier oben sahen diese Damen aus wie Heißluftballons. Und bei jedem Windstoß gerieten sie in Gefahr, davonzufliegen. Er liebte diese Vorstellung. Ein Wolkenhimmel voller betagter Damen, ein phantastisches Bild. Wie Engel schweben sie durch die Lüfte und gelangen so zum Himmel. Heißluftballons. Die Herren müssen Hüte tragen, um fliegen zu können. Das tun sie ja meistens auch. Aber sie müssen aufpassen, dass die Hüte nicht ohne sie wegfliegen. Ohne Hutschnur läuft man wohl schnell Gefahr, dass man nicht in den Himmel gelangt. Im Regen fühlt man sich nicht so alleine, wenn man weint. Angenommen, man sei eine Nacktschnecke. Ob sie den Regen von den Tränen unterscheiden kann? Fühlen sich Tränen anders an? Gut, sie schmecken salzig. Aber nur vom Aussehen? Das wird schwierig. Also hat die Nacktschnecke kein Empfinden für menschliche Traurigkeit? Und Glückstränen? Schmecken die anders? Fragen über Fragen schossen ihm durch den Kopf, während er hier auf dem Dach saß. Unter dem Dach der Haltestelle schützten sich die Menschen vor Wind und Regen. Er konnte es kaum nachvollziehen, hier auf dem Dach war es doch großartig. Der Wind viel intensiver und der Regen sogar ein wenig kühler hier oben. Und die kleinen Pfützen sahen von hier noch viel schöner aus.

Alle dreißig Minuten kam ein Bus vorgefahren. Manche Menschen stiegen aus, manche stiegen ein. Oft saßen dieselben Personen im Bus. Durch die Scheibe konnte er das Profil der Köpfe zuordnen. Meistens saßen die Menschen dann sogar am selben Platz. Schon seltsam, an einem Ort der Ortlosigkeit noch so etwas wie Gewohnheit zu suchen. Im Zustand der Bewegung so etwas wie Konstanz bewahren zu wollen – oder Vertrautheit. Der Bus fuhr jeden Tag hier entlang. Er hielt jeden Tag vierundzwanzig Mal dort. Von 7–19 Uhr, jede halbe Stunde. Einmal saß der Junge eine ganze Woche lang jeden Tag auf dem Dach und führte sorgfältige Beobachtungen durch. Pro Tag stiegen im Durchschnitt zweiunddreißig Menschen in den Bus ein und einunddreißig stiegen aus. Da die Menschen von oben manchmal gleich aussahen, konnte er nicht genau sagen, wer es im Einzelnen war. Es hieß also, dass ein Mensch am Tag verschwindet. Vermisst die denn keiner? Sie müssen doch irgendwo ausgestiegen sein? Was suchen die Menschen denn, was sie zuhause nicht finden?

Sechsundsiebzig Jahre später: Ein alter Mann sitzt auf dem Dach der Haltestelle, lässt seine Beine herunterbaumeln. Er war lange fort. Doch heute ist er wieder hier. Seine Heimat. Das kleine Dorf am Stadtrand. Seine Haltestelle. Er erinnert sich noch detailgenau, wie er als kleiner Junge hier gesessen und die Menschen beobachtet hat. Er erinnert sich an den Bus, an den Regen und an die Menschen. Einen Bus gibt es heute nicht mehr. Zu viele Menschen haben diesen Ort verlassen, sodass eine Verbindung irgendwann nicht mehr benötigt wurde. Aber die Haltestelle, die gibt es noch. Und heute sitzt er hier. Er erinnert sich genau an den Zeitpunkt, an dem er feststellte, dass ein Mensch pro Tag verschwand. Und er wusste noch, wie er sich die Frage stellte, ob denn niemand diese Menschen vermisst. Er lächelt. Er weiß genau, dass er selber auch einer dieser Menschen war, die irgendwann verschwunden sind. Die in den Bus eingestiegen sind und nie mehr wiederkamen. Er weiß genau, dass es Menschen gab, die ihn vermisst haben und die er vermisst hat. Man kann sich in der Ortlosigkeit eine Form von Vertrautheit aufbauen. Man kann die große weite Welt zu seiner kleinen Heimat machen. Aber er weiß auch, dass er sich an keinem Ort der Welt jemals glücklicher gefühlt hat als hier auf dem Dach der Haltestelle. Er nahm ein Stück Kreide und schrieb ein Wort auf das Dach: *Wellblechblüten*. Dann band er seine Hutschnur zu, holte tief Luft, wartete auf den Wind und flog davon.

Der Besucher

Er hat sich an das Grab gestellt, das Laub zur Seite gekehrt, die Erde gegossen, ein Blumengedeck abgelegt und eine Kerze angezündet. Jeden Sonntag kam er her, stets um die gleiche Uhrzeit. Eines Tages sprach ihn eine ältere Dame an, die den Herrn hier schon häufiger auf dem Friedhof gesehen hat. Sie sagte ihm, dass sie sich wünsche, dass ihre Kinder sich eines Tages genauso gut um ihr Grab kümmern würden. Da sagte der Herr, dass er gar nicht wisse, wer hier begraben liege. Er möge bloß die Luft hier draußen. Und irgendwer müsse sich doch kümmern. „Erich ist ein schöner Name, finden Sie nicht?"

Die Frau nickte.

Vom Wachen und Schlafen

Ein Marktplatz in der historischen Altstadt. Die zahlreichen Eisdielen und Kaffeehäuser haben ihre Garnituren aufgestellt. Tische und Bänke zieren die weitläufige Fläche. Im Hintergrund eine Kirche. Rotbrauner Backstein. Klassizistisch, sagt man. Jahreszahlen sind in eine silbrige, glänzende Steintafel graviert.

Im Hintergrund schläft der Zeitungsverkäufer. Sein Stand ist klein. Viele Menschen kommen nicht. Die Cafés sind voll, Menschen führen Gespräche. Einige spazieren quer über den Platz. Manche kaufen einen Blumenkohl, andere Geranien oder Brot. Manche sitzen auf dunkelgrünen Bänken. Aus den Fugen der Pflastersteine wächst Gras, vereinzelt Blumen.

Ein paar Häuser weiter gibt es einen Hinterhof. Wäscheleinen prägen das Bild. Gartenmöbel und eine Gießkanne. Sprünge im verwitterten Lack. Vor der Scheune morsches Holz in einer rostigen Schubkarre. Jeden Morgen hängt sie ihre Wäsche auf – Handtücher und Bettdecken. Im Gras liegen vereinzelte bunte Klammern. Sie gießt die Blumen auf der Fensterbank und die Kräuter im Kupfertöpfchen. Gießkannen sind grün. Eine Katze suhlt sich auf dem Gras in der Sonne.

Die Dame schaut angespannt auf die Uhr und beschließt, einen Tee aufzugießen. In anmutiger Sorgsamkeit stellt sie das Porzellangedeck auf den Küchentisch. Ihre Servietten sind weiß. Die Gardine ist weiß. Die Fliesen sind weiß. Vom Küchentisch aus sieht sie das Fensterbrett und den Garten. Grün sind sie – die Gießkannen. Blau sind sie selten.

Gegen Mittag macht sie sich auf den Weg zum Marktplatz. Menschen tummeln sich um die Blumen und Gemüsestände. Dem Teigtaschenmann läuft das Wasser von der Stirn. Die meisten Menschen sitzen auf den Stühlen der Eiscafés, lassen ihre Blicke entlang der Markisen schweifen, blicken mit zusammengekniffenen Augen in das Sonnenlicht, suhlen sich in der Hitze wie die träge Katze im Garten. Manche lesen ein Buch, manche dösen. Der Zeitungsverkäufer schläft schon sehr lange. Eine junge Mutter schaukelt den Kinderwagen in routiniertem Rhythmus vor sich her. Menschen führen Gespräche mit anderen Menschen. Das machen Menschen so. Ein alter Mann spricht in seine Flasche hinein. Er sitzt nicht im Eiscafé. Auf der Holzbank, da sitzt er. Alleine sitzt man nicht gerne im Café. Menschen reden mit Flaschen.

Erschöpft setzt sich der Postbote auf die Stufen vor der Kirche, zündet sich eine Zigarette an und pustet den blauen Rauch in den Mittagshimmel. Die Treppen glühen. Heute Morgen hat eine Frau das Putzwasser über die Treppen gegossen. Wasser verdunstet. Die Sonne brennt, inszeniert ein koloriertes Spiel auf den Mustern der Stufen. Der Zeitungsverkäufer schläft noch immer. Ein Vogel liegt tot auf den Pflastersteinen. Den Kindern sagt man, er ruhe sich aus.

Ein Mann wurde vor einigen Jahren begraben, man weiß das. Die Frau hängt jeden Morgen seine Wäsche auf. Die Frau stellt ihm jeden Abend seine blaue Tasse auf den Küchentisch, schaut dann auf die Uhr und aus dem Fenster. Sie denkt wie immer, er käme später. Manchmal schlief er hinter der Zeitung. Vögel schlafen, Menschen sterben. Und Menschen vergessen. Gießkannen sind grün.

Distanzen

Draußen landen die ersten Maschinen, vereinzelt kurven Busse und Kofferwagen über das weitläufige Terrain des Flughafens. Leiser Regen, ein kaum hörbares gleichmäßiges Plätschern. Innen stehen ein kleiner Junge und sein Vater vor den schlierigen Panoramafenstern. Sie scheinen zu warten. Fasziniert blicken sie auf die weitläufige, asphaltierte Landebahn. Um 6 Uhr in der Früh haben die beiden sich am Terminal eingefunden. Nachdem sie ihr Gepäck abgegeben und sich mit Zeitschriften und Getränken eingedeckt haben, betreten sie den Wartesaal. Nach kurzem Suchen finden sie einen Platz, von dem die Aussicht besonders schön ist. Viele Menschen scheinen noch nicht hier zu sein.

Früher sind sie sehr häufig an diesen Ort gekommen. Der Junge liebte den Flughafen über alles. Die Gerüche, die Rolltreppen, die Gesprächsfetzen, die blinkenden Anzeigetafeln. Wann immer es auch ging, überredete er den Vater, mit ihm einen Ausflug dorthin zu machen. Geflogen sind beide bis heute noch nicht. Sein Vater hatte keine Zeit, mit ihm Urlaub zu machen, und um alleine in ein anderes Land zu fliegen, dafür war er schlichtweg zu jung. Warum sein Vater nie verreist war, das wusste er nicht so genau.

In seiner Hand hält der Junge eine Landkarte. Pastellfarbene, matte Landschaftszeichnungen. Hellgrüne Flächen durchzogen von Venengeflechten – Wanderwege, Autobahnen, Bundesstraßen, die sich wie Blindschleichen durch die Landschaft schlängeln. Dazwischen Hügellandschaften, tiefbraune Kaffeeflecken. Eine Zeichnung in reiner Perfektion. Die Schönheit der Erde komprimiert im Maßstab 1:125.000. Schon in frühen Kindheitstagen entwickelte er eine ausgesprochene Vorliebe für faltbare Landkarten, verblichene Wanderführer und historische Bücher mit topographischen Zeichnungen. Diese Karten entsprechen in all ihren Details und in ihrer Schönheit seiner reinen Vorstellung von Ästhetik. Damals hing eine riesige Wanderkarte des Mont-Blanc-Gebiets über seinem Bett. Sein Vater hat ihm damals erzählt, dass er nur mit dem Finger über eine Wanderkarte streichen müsse, um sich alle Erinnerungen und Bilder an die Route wieder ins Gedächtnis rufen zu können. Vorsichtig strich er dann mit dem Finger über die Gebirgspfade und erzählte ihm Geschichten über die gegangenen Wege. Er erzählte von Tannenwäldern, von kristallklaren Gebirgsbächen, von den Hütten, von seltenen Mineralien und vom Hochgebirge, von den Windböen, den eisigen Gletschern und den schneebedeckten Gipfeln. Sein Vater hatte ein unwahrscheinlich zuverlässiges fotografisches Gedächtnis. Es war, als könne er sich an jede Schneeflocke erinnern, die sich auf dem Gipfel über ihn legte. Landkarten waren für ihn wie Gemälde. Ein riesiges verworrenes Spinnennetz, das jemand über eine kolorierte Leinwand gespannt hat.

Jahre später hat der Junge aus den alten Karten Collagen gebastelt. Er hat die schönsten Flecken dieser Erde mit der Schere aus den Kartenbüchern ausgeschnitten, sie auf ein großes Stück Pappe geklebt und ein völlig neues geografisches Gebiet aus ihnen gestaltet. Ein kleines Fleckchen Erde, auf dem der Amazonas in die Nordsee mündet – ein Land, in dem das Himalaya-Gebirge an das Matterhorn und Toronto an Helsinki angrenzte. Landkarten gaben ihm die Möglichkeit, seine Umgebung neu zu formieren. Sie schenkten ihm die Option, jegliche Entfernung zwischen Orten und Menschen verschwinden zu lassen. Wer definiert Relationen? Was sind Distanzen? Wer entscheidet über nah und fern? Wer sagt, dass Täler tief und Berge hoch sind, wenn sie sich in ihrem verkleinerten Abbild letztlich nur in Farbpigmenten unterscheiden? Die Welt im minimalen Maßstab, faltbar wie eine Papierserviette.

Nun sitzt er am Flughafen und wartet. Der Blick seines Vaters gleitet über die Rollfelder. Langsam wie in Zeitlupe erhebt sich ein Flugzeug vom Boden. Er blättert durch eine Kunstzeitschrift, die er zufällig in einem Zeitschriftenladen in die Finger bekam. Trotz einiger Sonntagsausflüge ins städtische Museum hat er wenig Ahnung von moderner Kunst, aber das Cover sprang ihm regelrecht in die Augen. Ein Künstler hat über riesigen Schuttbergen auf Baustellen Mehl ausgeschüttet, bis diese nun von weitem aussahen wie schneebedeckte Bergkuppen. Er holt ein Notizbuch aus dem Rucksack, schlägt es auf, bis er die entsprechende Seite gefunden hat.

Liste der Ideen, die ich selber schon mal hatte, die aber längst jemand anderes realisiert hat:
1) Einen Roman über einen Landkartenkünstler schreiben
2) Das Radio erfinden
3) Ein vollkommen lautloses Musikstück komponieren ...

Er ergänzte:

4) Mehlstaub über Bauschutt verschütten.

Dann steckt er das Büchlein wieder in seinen Rucksack und sieht nach draußen.

Mittlerweile finden sich auch die meisten anderen Passagiere des Fluges im Terminal ein. Fast alle Plätze sind nun besetzt. Der erste Flug seines Lebens. Nur noch knapp eine Stunde, bis sie endlich im Flieger sitzen würden.

Erneut ein Blick auf die Rollbahn. „Sieh nur! Ein wunderschönes Gemälde. Als wären die Flugzeuge und die Kofferwagen Pinsel, die ein Bild zeichnen würden. Stell dir mal vor, die Autos hätten Farbe an den Reifen. Was sie wohl im

Laufe der Zeit gezeichnet hätten? Vielleicht gibt es einen Fahrer unter ihnen, der tagtäglich die Umrisse eines Portraits zeichnen würde. Vielleicht, weil er an einen besonderen Menschen denkt, den er sehr vermisst. Ein nie fertig werdendes Gemälde. Immer in Bewegung. Pinselstrich für Pinselstrich."

„Wolltest du nicht früher einmal Pilot werden?"

„Nein, Flugzeugingenieur."

Sein Vater lachte und klopfte seinem Sohn auf die Schulter.

„Siehst du. Und jetzt steigst du gleich mit mir in solch einen klapprigen Esel. Hättest du mal lieber selbst eines gebaut, dann wüssten wir wenigstens, dass wir sicher wären. Früher wollte *ich* unbedingt Pilot werden. Weißt du, was *mein* Vater mir dann immer erzählt hat?"

„Nein. Was denn?"

„Nun, er wollte nicht, dass ich Pilot werde, da er sich wünschte, dass ich irgendwann unseren Familienbetrieb fortführe. Gleichzeitig wusste er, dass ich den Geruch und den Qualm von seinen Zigarren über alles in der Welt verabscheute. Also erzählte er mir, dass alle Piloten gesetzlich dazu verordnet wären, während des Flugs Zigarre zu rauchen. Eine nach der anderen. Sie seien beruflich gezwungen, sich die neue Zigarre an der Glut der alten Zigarre anzuzünden. Ein unantastbarer Brauch. Ich habe ihm natürlich nicht geglaubt, aber als wir dann irgendwann auf einer Flugschau waren und ich zum ersten Mal die ganzen Kondensstreifen am Himmel sah, hielt ich sie tatsächlich für riesige langgezogene Wolken aus Zigarrenqualm. Ich schätze, da werde ich so sechs Jahre alt gewesen sein. Und dann habe ich beschlossen, kein Pilot mehr werden zu wollen. Hey, hörst du mir überhaupt zu?"

Verträumt zeichnet sein Sohn mit dem Bleistift eine Skizze auf einen Zettel. „Schau mal, Papa, der Kofferwagenfahrer! Ich glaube, er zeichnet wirklich ein unsichtbares Portrait. Gerade hat er ein großes Ohr gefahren. Sieh mal, ich habe versucht, die Linie nachzuzeichnen! Ich glaub, das bist du."

Sein Vater lacht, während er die lautlosen Gleiter beobachtet. Er betrachtet die Passagiere, die aus den Luftschiffen steigen und lediglich winzige Punkte auf dem weitläufigen Terrain darstellen. Dann bewegt er seine Lippen und synchronisiert Worte, die er nicht hören kann, die lediglich erahnbare Geräusche hinter den Fiberglasscheiben sind. Die Rollbahn ist hell erleuchtet. Der Asphalt flimmert in der Lichtreflexion.

Hier stehen sie nun, eingenommen von diesem sonderbaren Ort, und warten. Hier gibt es mehr Geschichten als in allen Büchern dieser Welt. Geschichten ohne Buchstaben, Bewegungen, Menschen, Farben, Geräusche, Lichter, Stimmen, Gerüche und Fiberglasscheiben. Hier hört man, wie Menschen weinen, weil sie voneinander lange Abschied nehmen müssen, wie Menschen schweigen, weil sie nicht wussten, *ob* sie auch wirklich Abschied nehmen sollten, wie Menschen lachen, weil sie einander endlich wiederhaben. Hier sehen sie, wie Menschen rennen, schlurfen, schleichen oder auf Rolltreppen gleiten. Sie riechen den Duft von Tabak, Parfüm und Distanz. Hier, hinter dem Fiberglas.

Als der Vater ein Kind war, stellte er sich oft vor, wie er selbst eines Tages in so eine riesige Maschine steigen würde, und er dachte daran, dass ihm diese sonderbaren Dinger eigentlich viel zu schnell sind. Er hatte Angst, dass er die Geschichten verliert, wenn er hinter der Scheibe verschwinden würde – dass ein anderer Junge seine Geschichten womöglich stehlen würde, während er als kleiner Punkt am Himmel verschwindet. Und wie er nun hier steht, trauert er all den Geschichten nach, die er nie zu Papier brachte. Die Lichtertafeln im Terminal, die für ihn früher nur blinkende, bedeutungslose Buchstaben waren, kann er mittlerweile lesen. Er weiß, dass dort *Paris* steht oder *Stockholm* oder *Istanbul*. Und er weiß, was Sehnsucht ist und Abschied und Distanz.

Der Hochsitz

Neulich hat sich Herr Lambert einen Hochsitz gebaut. Das kannte er noch von früher, als sein Vater ihn mit auf die Jagd genommen hat. Sie lebten in einem Fachwerkhaus direkt am Wald. Der Hochsitz war ihr Zufluchtsort, an dem sie sich Geschichten *unter Männern* erzählten und geheime Pläne schmiedeten. Nur wenige Meter von der Haustüre entfernt. Sie haben die Tiere beobachtet und die Aussicht und Ruhe genossen. Der Vater hat ihm vieles erzählt über die Rehe, die Wildschweine, die Vögel und die verschiedenen Bäume. Er liebte diesen Ort über alles. Manchmal hat er sich vorgestellt, der dunkelgrüne Tannenwald sei eine große Armee von verzauberten Riesen. Angst hatte er keine. Nur ein bisschen. Es gab Tage, da hat er Stunden dort oben verbracht. Wenn er von der Schule heimkam, aß er so schnell es ging zu Mittag, zog seine Schuhe an und lief in den Wald. Er setzte sich auf den Hochsitz vor der Waldlichtung und blieb dort, bis es irgendwann dunkel wurde. Aber irgendwann verließen sie das Haus am Wald und mussten fortziehen. Jahre danach hat er ein Foto auf dem Dachboden gefunden.

Und nun hat sich ein Mann von stolzen 78 Jahren einen eigenen Hochsitz gebaut. Aus Holzlatten und Brettern vom Sperrmüll. Mitten auf dem Bürgersteig, zwischen dem Eingang zum U-Bahn-Schacht, dem Feinkostgeschäft und einer kleinen Schneiderei. Ein Reh kam bis heute nicht hierher. Doch manchmal, wenn er die Augen schließt, glaubt er, einen Riesen zu hören. Angst habe er noch immer nicht, das sagt er zumindest. Schließlich sei er jetzt schon groß.

Tabakblätter und Fallschirmspringer

„Pfeifenrauch ist eine seltsame Allegorie auf das Altwerden", hast du gesagt. So einen richtig guten Tabak müsse man erst einmal ein paar ganze Tage in die Pfeife einrauchen, bis er irgendwann in jede Pore des Holzes gezogen sei und seine Note richtig entfalten könne. Da gab es diese zwei Düfte in deinem Leben: zum einen der Duft von Pfeifentabak. Immer mal wieder, so ganz zwischendurch, bist du in eines dieser Tabakgeschäfte gegangen, um den milden Duft einatmen zu können. Und dann wurdest du immer gefragt, ob man dir behilflich sein könne, ob es etwas Bestimmtes sein dürfe. „Können Sie mir eine Sorte empfehlen?"

„Nun, dieser hier ist sehr angenehm. Er ist mir der Liebste. Probieren Sie ihn ruhig einmal", sagte der Verkäufer. „Er hat eine ganz milde, unaufdringliche Note."

„Probieren? Nein. Ich möchte nur riechen", hast du dann immer geantwortet.

„Riechen? Warum?"

„Ich brauche den Geruch, um mich erinnern zu können. An meinen Großvater."

„An Ihren Großvater? Warum kaufen Sie dann nicht eine Dose, dann können Sie immer daran riechen, wenn Sie an ihn denken möchten."

„Kaufen? Nein, er hat nicht geraucht. Aber er erzählte mir, dass er den Duft von Tabak liebe und deshalb immer in die Geschäfte gegangen sei, um riechen zu dürfen. In einem Laden durfte er sogar einmal aushelfen. Einen ganzen Monat lang, wissen Sie. Aber er war kein guter Geschäftsmann. Er hat kein Geld genommen."

„Was hat er denn dann genommen?"

„Schuhe. Er hat getauscht. Er liebte den Duft von Leder nämlich ebenfalls, wissen Sie. Aber er mochte es nicht sehr, Schuhläden zu betreten und die aufdringlichen Verkäufer abzuwimmeln, deswegen ließ er sie herbringen und tauschte sie ein gegen etwas Tabak. Und dann, nach einem Monat, als der Verkäufer wieder gesund war, kam er wieder."

„Und was war passiert?"

„Er hatte nun ein Schuhgeschäft. Zunächst schimpfte er eine ganze Weile mit meinem Großvater. Das Lustige daran ist, dass dieser ohnehin immer ein Schuhgeschäft besitzen wollte. Und so war er letztlich doch sehr glücklich. Tabak und Leder. Verstehen Sie, wann immer ich diese Gerüche einatme, fühle ich mich meinem Großvater wieder nah. Darf ich nun einmal riechen?"

Und schließlich durftest du. Das war wirklich großartig. Wann immer dieser Duft da war, hat er dich in die Vergangenheit zurückgeholt.

Und dann gibt es da noch die Geschichte mit diesem Plattengeschäft – ein Schallplattenladen in einer Seitengasse, eines dieser Geschäfte, in denen immer Licht brennt, man aber niemals einen Menschen gesehen hat. Einmal in der Woche gingst du dort hinein und fragtest, ob du dein Lied hören dürftest.

„Ihr Lied?", fragte der Händler.

„Ja, Sie wissen schon. Mein Lied."

Der Verkäufer griff unter seinen Tisch und gab dir die Platte. Du nahmst die Kopfhörer und hörtest dir dann eine ganze Weile dein Lied an. Nachdem du es zu Ende gehört hattest, gabst du dem Verkäufer die Platte zurück und dieser legte sie erneut unter seinen Tisch. Er versprach dir, dass er sie niemals verkaufen würde. Diesen Trick hätte er wiederum von seinem Großvater gelernt. Jede Woche, wenn er kam, brachte dieser ihm ein paar Einkaufszettel vorbei – diese flüchtig gekritzelten Zettel, die man immer im Einkaufswagen findet. Pfeffer, Mehl, Kaffee ... Er sammelte sie für ihn und der Verkäufer hing sie dann auf. Er verriet ihm, auf diese Weise hätte er schon sehr viele neue Gerichte und Rezepte kennengelernt. Er kaufte mit den fremden Zetteln ein und dann versuchte er, etwas daraus zu kochen. Denn Essen, das mache ihn glücklich, sehr glücklich. Und wenn er einmal nichts aus den Zutaten kochen konnte, dann schrieb er Geschichten aus diesen Zetteln. Jedenfalls durftest du auf diese Weise jede Woche dein Lied hören, ohne die Schallplatte kaufen zu müssen. Du hattest Angst, dass du dieses Lied zu oft hören würdest. Dieses Lied – du wolltest es nicht entwerten, denn irgendwie hatte es dieselbe Wirkung wie der Tabakduft, nur dass du diesmal an deine Frau denken musstest, weil ihr bei diesem Lied immer so schön schweigen konntet. All diese Düfte und Klänge gaben dir immer ein gutes Gefühl. Sie erinnerten dich an Ereignisse, die dir zwischendurch immer wieder einen kleinen Schub gaben, so einen klitzekleinen, zaghaften Schub. Weil du wusstest, dass es Menschen in deinem Leben gab, denen du immer blind vertrauen konntest. „Das Leben ist wie ein beschriebenes Blatt Papier", sagtest du mal. „Mit jeder Zeile, die du füllst, verblassen die Worte aus deiner Vergangenheit. Aber es gibt diese ganz wenigen bestimmten Momente, an die man sich einfach in gewissen Situationen immer erinnern kann."

Wenn dieses Lied läuft, zum Beispiel. Wenn du den Duft von Tabak und Leder einatmest. Wenn du mit deinem Finger über den Rand einer Geldmünze streichst und wegen der Textur an die rostroten Gitarrenseiten denkst, die du als Kind immer mit dem Fingernagel berührt hast. Wenn du diesen Traum hast, diesen immer wiederkehrenden Traum.

Aber irgendwann reicht es nicht mehr und plötzlich fehlen dir all diese Momente, jedwede Erinnerung. Dann siehst du deine eigene Tochter an und denkst dir: „Schönes Kleid, aber wer ist diese Frau?"

Dann sitzt du dort in deinem Trott, sitzt in deinem weißen Pyjama vor mir, und ich denke, dass dieser Mann mir noch so viel zu erzählen gehabt hätte. Aber diese Zeilen scheinen verblasst.

Ich habe mir ein wesentlich schöneres Ende überlegt, denn ich habe mal gehört, man müsse ein Blatt Papier rein theoretisch nur zweiundvierzigmal falten, um die Höhe des Mondes zu erreichen. Ja, jetzt sitzt du hier. Auf dem Mond. Das hast du dir nicht zweimal sagen lassen und es dir hier oben gemütlich gemacht. Du nimmst das Papier und fängst an, es wieder zu entfalten. Es ist ein großes Blatt, du kannst dich damit zudecken. Hier oben auf dem Mond ist es kühl. Diese ganzen Erinnerungen, sie sind alle bei dir. Da ist immer etwas in dir, das dir zwischendurch mal ein Lächeln schenkt. Und dann hast du gesagt: „Jetzt reicht es."

Du hast dich auf die Mondkante gesetzt und angefangen, dein Blatt zu zerreißen. All diese Erinnerungen – die Geburt deiner Enkel, die Hochzeit deines Sohnes, die Gerüche von Tabak und Leder, die rauen Gitarrensaiten, der nette Herr aus dem Plattengeschäft, die Einkaufszettel und dieses wundersame Lied. Nichts hast du dir mehr gewünscht, als diese Erinnerungen jemandem schenken zu können. Und jetzt sitzt du dort auf deiner Mondkante, schaust von oben auf dein Geburtshaus am Stadtrand, nimmst diese ganzen Bruchstücke deiner Erinnerung und pustest.

Zucker

Sie hatte die seltsame Angewohnheit, die Zuckertütchen aus Cafés zu sammeln. Wann immer sie in eine neue Gaststätte einkehrte, ließ sie heimlich ein bis zwei Stück in ihrer Handtasche verschwinden. Daheim legte sie ihre Errungenschaften in eine Kristallschale im Esszimmer. „Zucker kann man gar nicht genug haben", sagte sie zu ihrer Tochter und sah auf die große Schale. „Ein Erbstück. Die macht doch wahrlich was her."

Und zu jedem Zuckertütchen wusste sie natürlich eine passende Geschichte. Sie erzählte von fremden Städten, dem Klang der Sprachen, von ornamentalen Fassaden, von eleganten Kleidern in Schaufenstern, von den Avancen der Männer, von ungelesenen Büchern und dem Krieg. Sie zeigte auf ein Foto. „Sieh nur, dieses Kleid! Eine schmale Taille hatte ich damals. Hier auf dem Bild, das bin ich. War ich nicht eine adrette Dame? Die Männer lagen mir zu Füßen, weißt du. Schau nur, diese Brosche. Ein Geschenk zum ersten Hochzeitstag. Möchtest du noch Zucker zum Tee?"

Und dann erzählte sie wieder. Von ihrer Zeit am Theater, den Schiffen am glitzernden Fluss und den grünen Augen ihres verstorbenen Mannes. Sie erzählte vom Duft seiner Angst, dem Verrat und den Soldaten. Und als ihre Stimme brach, da wartete sie kurz, trank einen Schluck aus der Tasse und erzählte vom gedeckten Apfelkuchen in einem Münchner Café, dem Mann aus dem Erdgeschoss und von den Singvögeln im Innenhof.

Der Leuchtturm

Istanbul, am Heck eines Frachters steht ein Junge und winkt. Ein alter Herr steht am Hafen und lässt seinen Blick in die Ferne schweifen. Irgendwann erblickt er den Jungen auf dem Schiff und winkt zurück. Nach einiger Zeit verschwindet das Schiff am Horizont.

Der Herr nimmt wieder Platz und blickt auf seine Leinwand, den Schirm seiner Mütze tief ins Gesicht gezogen, um sich vor der Sonne zu schützen. Ein Klappstuhl, eine Tasse Kaffee, eine Staffelei. Mit einem schwarzen Kohlestift zeichnet er die verankerten anliegenden Schiffe. Einmaster, Zweimaster, Fischerboote, Frachter, Lastschiffe. Manchmal zeichnet er auch nur die Kräne, diese rostigen, müden Kräne. Ich sitze neben ihm. Wenn er zeichnet, dann zwirbelt er währenddessen mit seiner linken Hand an seinem Schnurrbart, bis dieser die Form einer Pinselspitze annimmt. Manchmal sitzt er stundenlang einfach nur dort und zwirbelt an seinem Bart. Eine reibende Bewegung mit dem Daumen und dem Zeigefinger. Manchmal dreht er Zigaretten. Die gleiche Bewegung, ein behutsames Reiben, als reibe er zwei kleine Äste aneinander, um ein Feuer zu entfachen.

Der Mann hat noch nie in seinem Leben geraucht, das sagte er mir. Er verwahre die Zigaretten in einer Holzschachtel. „Irgendwann kommt vielleicht der Zeitpunkt, an dem es gut ist, zu rauchen. Wer weiß das schon." Auch mag er den Anblick von seinem Schnurrbart nicht. Er wolle nicht das Klischee vom alten schnurrbärtigen Seebären erfüllen, der am Hafen sitzt und Schiffe zeichnet. Aber es ist dieses Ritual, das er mag. Dieses Ritual, am Hafen zu sitzen und mit seinen Fingern diese reibende Bewegung auszuüben. „Und zeichnen Sie denn eigentlich gerne?", frage ich ihn.

„Hmm …", murmelt er. „Früher nicht. Viele Menschen fangen mit dem Zeichnen an, weil sie gerne etwas in ihren Händen halten."

Er reibt den Stift zwischen seinen Fingern.

„Aber irgendwann habe ich es gerne getan. Am Anfang habe ich Portraits von Menschen gezeichnet. Aber die Menschen haben mich gelangweilt. Es sind immer dieselben Gesichter. Sobald die Menschen wissen, dass sie gezeichnet werden, nehmen sie die gleiche Gestalt an. Später habe ich dann angefangen, den Horizont zu zeichnen, und glauben Sie mir, die Menschen haben alle meine Bilder gekauft. Sie lieben die Bilder vom Horizont. Leichter Wellengang, Silhouetten von Schiffen, ein paar Vögel, Abendrot. Sie haben alle Bilder gekauft. Manchmal saßen sie minutenlang neben mir auf dem Stuhl und haben mir beim Zeichnen zugeschaut. Aber niemand hängt diese Bilder zuhause auf. Sie landen auf dem Dachstuhl. Ich weiß das. Die Bilder sind schrecklich. Ich bin wahrlich kein guter Zeichner. Aber die Menschen kaufen meine Kunst trotzdem. Und wissen Sie, warum?"

„Vermutlich, weil sie sich erinnern wollen."

„Nein", sagt der Mann, „wenn sie sich erinnern wollten, dann würden sie mir Fragen stellen, mit mir reden, sie würden beobachten, den Duft des Meeres atmen. Vor allem würden sie selber den Horizont anschauen. Es gibt doch nichts Schöneres. Diese fließende, flimmernde Linie. Und dann stehen sie hier am Ufer, sehen die Konturen der Schiffe und irgendwann sind diese wie vom Erdboden verschluckt. Sie verschwinden. Das muss man sich mal vorstellen. Aber sehen Sie hier auch nur einen Menschen, der den Horizont beobachtet? Nein, sie alle schauen mir zu, wie ich den Horizont zeichne. Wissen Sie, heutzutage könnte man den Menschen vermutlich erzählen, die Welt sei nun doch eine Scheibe. Sie müssten es nur in ein paar Zeitungen oder Büchern lesen, ein paar Menschen von hohem Rang müssten es bestätigen. Wenn ich es dann noch zeichnen würde ... Irgendwann würde es jeder glauben. Aber nein, sie schauen alle nur auf meine Leinwand. Die Blicke der Menschen versteckt hinter Linsen und Fernrohren. Gerade hier am Hafen. Die Kinder stehen an diesen Münzfernrohren und die Erwachsenen schauen durch ihre Kameras."

„Warum zeichnen Sie die Schiffe?", frage ich den Mann.

„Weil ich sie liebe", sagt er. „Seit ich ein Kind war, träume ich davon, selber mit solch einem Kahn über das Wasser zu gleiten. Ich glaube, wenn es einen Ort der Stille gibt, dann ist es das Meer. Sehen Sie diesen Leuchtturm auf der Insel? Mir würde es womöglich schon völlig ausreichen, nur bis dorthin zu gelangen. Da würde ich dann bleiben. Ich glaube, wenn ich dort auf der Insel wäre, würde ich sogar meine Holzkiste auspacken und mit dem Rauchen anfangen. Was sollte ich dort auch anderes tun? Ein rauchender Seebär, der vor einem Leuchtturm sitzt und die Schiffe zeichnet. Gäb es ein schöneres Bild? Wohl kaum. Aber eigentlich würde ich lieber weiter hinaus. Bis zum Horizont. Und nie wieder zurückkehren. Was meinen Sie? Verschwinden die Menschen und die Schiffe? Sitzt am anderen Ende des Horizonts auch ein Mensch und zeichnet Bilder, verkauft Postkartenmotive als Zwangserinnerungen? Manchmal glaube ich, der Horizont ist so etwas wie ein Spiegel. Nur, dass er uns nicht direkt abbildet, sondern eben auf die Rückseite reflektiert. Vielleicht ist es so. Ich habe es noch nicht überprüft. Ich liebe diesen Ort, wissen Sie? Den Hafen, die Luft, die Möwen, den Wellensaum, die Kräne. Aber noch viel mehr liebe ich die Schiffe. Sie sind doch das Schönste, was der Mensch je gebaut hat. Ich würde so gerne auf diesem Schiff sitzen und nur das Meer um mich herum sehen. Mit jeder Kontur, jeder Welle, jedem Windzug. Nur ich und die Stille."

„Und warum tun Sie das nicht?"

Da blinzelt er kurz, grinst ein wenig schelmisch und sagt: „Haben Sie vorhin diesen Jungen auf dem Schiff gesehen? Haben Sie gesehen, wie er gewinkt hat? Stellen Sie sich vor, ich säße auch auf diesem Schiff. Wem sollte er denn zuwinken? *Wem* sollte er denn noch zuwinken?"

Im Spiegel

Sie erinnerte sich gerne an die Zeit, in der sie noch eine junge Schauspielerin gewesen war. Damals, im Alter von sieben Jahren, hatte sie sich in einem geblümten Kleid vor den Schlafzimmerspiegel ihrer Eltern gestellt und ihr Haar nach hinten geworfen. Dann hatte sie die Stimme verstellt, einen kurzen Satz aufgesagt und abschließend einen Knicks gemacht. Ovationen des Vaters im Spiegelbild. Dann Abgang.

Die Dame mit dem roten Hut

Eine seltsame Begegnung. Blickkontakt, ein kurzes Gespräch in phrasenhafter Flüchtigkeit. Und dann, einige Tage später, lagst du schlafend neben mir in meinem Bett. Am nächsten Morgen wachtest du auf, nahmst dir dann den restlichen vorabendlichen Weißwein vom Nachttisch und trankst ihn, so als sei es das Normalste der Welt. Ich sah dich an, schüttelte mit dem Kopf, sagte dir, dass es seltsam sei, so früh am Morgen schon wieder Wein zu trinken, da trinke man doch eher Kaffee oder Kakao. Und dann zeigte ich dir die schöne Zuckerdose, die ich von meiner Großmutter geschenkt bekommen habe. Ich weiß, dass es seltsam ist, aber ich habe diesen dringlichen Wunsch verspürt, dass du diese Zuckerdose ansiehst und mich bittest, dir einen Kaffee zu machen. Aber du sagtest nur, dass du das Verlangen nach trockenem Weißwein verspürst. Du hättest ohnehin kaum geschlafen und da mache es doch keinen Unterschied. Tag und Nacht, was ist das schon? Und dann habe ich genickt, dir einen kurzen Kuss auf die Wange gegeben und bin wieder eingeschlafen. Einige Minuten später wurde ich vom Kirchglockenläuten wieder wach. Und du, du warst fort. Das dachte ich zumindest. Ich stand auf, taumelte schlaftrunken ins Wohnzimmer und du saßt dort auf meinem Sessel und last ein Buch. Ich weiß nicht mehr, wie dieses Buch hieß, es trug einen wundersamen Titel, daran erinnere ich mich. Und du, du hast es gelesen. Im Raum lag der Duft durchzechter Nächte. Kalter Rauch und so etwas wie Sehnsucht. Du schautest mich an, zogst an deiner Zigarette und pustetest den blauen Rauch in meine Richtung. Eigentlich nicht ungewöhnlich. Doch ich muss dazu sagen, dass sie ja nicht irgendeine junge Frau war, sondern eben die Dame mit dem roten Hut. Nun, das stimmt auch nicht. Es war ein schwarzer Hut. Und er saß in seiner selbstverständlichen Bestimmtheit auf deinem Kopf. Ich fragte mich selber, ob du ihn in der Nacht überhaupt abgenommen hattest, ich wusste es nicht mehr. Ich sah in dein Gesicht und fragte dich, warum dein Hut denn nicht rot sei?

„Warum soll er denn rot sein?"

„Das wäre doch recht hübsch. Als wir uns vor einigen Tagen kennenlernten und wir dann vereinbarten, dass wir uns wiedersehen würden, da bat ich dich, einen roten Hut zu tragen, damit ich dich leichter wiedererkennen würde. Ich glaube, ich habe das mal in einem Film gesehen. Da hat es funktioniert. Rote Hüte sind selten geworden. Aber jetzt, wo ich dich so ansehe, muss ich doch feststellen, dass dir dieser schwarze Hut auch recht gut steht."

Warum ich mir solche Gedanken über diesen Hut machen würde, fragtest du mich verwundert. Eine Antwort blieb aus, denn darauf bin ich erst einige Wochen später gekommen. Die Dame mit dem roten Hut. Das warst du für mich. Eine Art Titel oder Überschrift. Dieser Hut, er hat dir eine gewisse Fiktionalität einverleibt, dich in eine Art Motiv verwandelt. Du warst eine Geschichte. Eine dieser Geschichten, die man so schreibt. Und du hattest diese Eigenschaften, die ich von einer Dame mit rotem Hut erwartet habe. Der trockene Weißwein, der blaue Dunst, der Duft durchzechter Nächte, deine Stimme, deine Art. Alles an dir entsprach meiner Vorstellung. Dein Charakter war definiert für mich. Ich wusste nicht, wer du bist, und doch glaubte ich, dich zu kennen. Der rote Hut. Gleichzeitig verlieh er dir eine unnahbare Distanz. Eine Art von Unverletzbarkeit. Aber an diesem besagten Morgen war mir das noch gar nicht so bewusst. Da saß nun diese Frau auf meinem Sessel und sie hatte dieses Buch in der Hand. Dieses Buch mit dem sonderbaren Titel. Plötzlich war da eine zweite Ebene. Nicht, dass mir daran gelegen wäre, Begegnungen in Ebenen zu gliedern, aber irgendwie existierte diese Ebene. In dem Moment, wo du das Buch in deiner Hand gehalten hast, wo du mich angeschaut hast, da bist du meiner Vorstellung von dir entflohen. Ich habe mit allem gerechnet. Ich habe gedacht, du würdest jetzt dort an meinem Klavier sitzen und einen ruhigen Blues spielen. Mehr aber noch habe ich damit gerechnet, dass du einfach verschwunden wärst, dass du die Tür hinter dir zugezogen und nichts hinterlassen hättest als einen Zettel mit einem Hinweis, wo wir uns wiedersehen würden.

Doch du hast nur dort gesessen. Mit diesem Buch, der Zigarette und mit deinem Weißwein, den Hut tief ins Gesicht gezogen. In diesem Moment hast du deine fiktionale Ebene verlassen, bist einfach hinausgesprungen aus diesem Sprachgewand, in das ich dich gehüllt habe. Und dann? Du hast dort gesessen und mich angeschaut. Mit einem Blick, der mir sagte, dass ich hier irgendwie fehl am Platze sei und der mich doch gleichsam aufforderte, dich in die Arme zu nehmen. Und das tat ich dann auch. Ich ging zu dir. Ich nahm dich in die Arme, du gingst kurz darauf zum Plattenspieler und wir tanzten. Schritt für Schritt für Schritt. Wir tanzten zu diesem ruhigen Rocksong, ließen uns von den Akkorden und der sonoren Stimme des Sängers führen. Wir sahen uns an und wussten, was nun geschehen würde … Der Song war vorbei. Begleitet vom Nadelknistern nahmst du deine Handtasche, trankst den letzten Schluck aus der Flasche und gingst. Die Tür fiel ins Schloss und mit ihr diese Geschichte.

Irgendwann, viele Tage später, fand ich einen handgeschriebenen Zettel unter meinem Kissen. *„Schöner hätte es nicht mehr werden können, oder?"*

Du hast diese Geschichte verlassen, ohne dass ich sie beenden konnte. Nach diesem Tanz sagtest du, du hättest vorher dieses Bild von mir gehabt. Ich sei der Mann mit der Schreibmaschine gewesen, und in dem Moment, wo ich getanzt habe, hätte ich meine Rolle verlassen, diese ganze Distanz verschwinden lassen.

„Was nützt mir denn der rote Hut, wenn du doch tanzt. Ich habe Angst vor Nähe", sagte sie. „Genau wie du."

Die Dame mit dem roten Hut. Weg ist sie. Es bleibt der Duft durchzechter Nächte, ein Rocksong in Endlosschleife und ein Rest von schwarzem Kaffee.

Seiltänzer

Drei Kinder stehen mit einem Hund in der Landschaft. „Bemühe doch einmal deine Phantasie!", sagte der Jüngste zu seinem großen Bruder. „Komm, wir spielen Zirkus!"

Da nahm der Kleinste den Schuh des ältesten Bruders, zog ihn an und sagte: „Seht her, ich bin ein Clown!"

Der Zweitälteste sah den Hund an, nannte ihn einen Löwen, führte ihn an der Leine und sagte: „Ich bin ein Dompteur."

Der älteste Bruder sah auf die Hochspannungsleitungen und kletterte auf das Gerüst des riesigen Strommastes. Sie ahnen bereits, was nun folgt.

Doch Gott sei Dank waren die Leitungen stillgelegt. Der städtische Stromversorger hatte sie kurz zuvor außer Betrieb genommen. Welches Glück für unseren Seiltänzer! Leider änderte all dies nichts an der Tatsache, dass der Junge keinen besonders ausgeprägten Sinn für Gleichgewicht hatte.

Am nächsten Tag stand in den hiesigen Zeitungen vom wagemutigen Dompteur und dem lustigen Clown nichts geschrieben.

Der Tag, an dem Herr Jakob vom Fenster verschwand

Dies ist die Geschichte von Herrn Jakob. Herr Jakob hatte drei Eigenschaften. Zum einen hatte er eine große Vorliebe für Erdbeermarmelade, ganz besonders dann, wenn sie stellenweise noch fast ganze Früchte in sich verbarg. Zum anderen hatte Herr Jakob keinen Vornamen. Seine Eltern nannten ihre drei Kinder: Heinrich, Josef und Herrn Jakob.

Als er an einem Sonntagmorgen die Türen seines Kellers öffnete, da fand er neben all den Kartons mit Fotos und Postkarten, den Blumentöpfen und seinem Werkzeug ein in die Jahre gekommenes verrostetes Herrenfahrrad. Und dann, am nächsten Morgen, war Herr Jakob fort. Denn manchmal verschwinden die Menschen. Einfach so. Von seinem Verschwinden merkte man jedoch erst, als die Nachbarin vom Haus gegenüber feststellte, dass die Geranien auf der Fensterbank verwelkt waren. Herr Jakob goss sie jeden Morgen. Stets zur selben Uhrzeit. Zuerst schob er die Gardinen beiseite, um ein wenig Licht in die Wohnung zu lassen, dann nahm er seine Gießkanne und tropfte vorsichtig ein wenig Wasser auf die Erde. Und stets goss er nur sieben Tropfen auf seine Pflanzen. Einfach, weil er es mochte, sie jeden Tag zu gießen, und sie nicht überwässern wollte. Als seine Kinder eines Tages seinen Keller ausräumten, da fanden sie in einem der Porzellantöpfe einen Brief.

Herr Jakob hatte eine große Leidenschaft. Er sammelte Träume. Als er vor langer Zeit noch ein Kind war, hatte er in einem Buch etwas über Traumfänger gelesen. Da er den Text nicht richtig verstehen konnte – dafür war ihm die Sprache noch etwas zu abstrakt und Bilder waren in diesem Buch auch nicht abgebildet –, war der kleine Herr Jakob gezwungen, sich den Traumfänger in seiner Phantasie auszumalen. Er stellte ihn sich vor wie eine Art Fischernetz. Und wenn man Herrn Jakob eventuell noch eine dritte Eigenschaft zusprechen kann, dann die, dass er sehr konsequent war. Und so kam es, dass er mit dem Beginn seines fünften Lebensjahrs jeden Morgen nach dem Aufwachen sein Fischernetz nahm, sich neben sein Bett stellte und begann, seine Träume aufzufangen. Dann nahm er ein Glas Erdbeermarmelade, löffelte es aus – das fiel ihm nicht schwer –, spülte das Glas und schloss seine Träume darin ein. Er hätte vermutlich auch andere Behältnisse nehmen können, aber Herr Jakob war schließlich nicht auf den Kopf gefallen und so hatte er nun endlich einen Vorwand, jeden Tag ein ganzes Glas Erdbeermarmelade zu essen. Die Frau vom Haus gegenüber konnte jeden Morgen vom Fenster aus beobachten, wie Herr Jakob sein Fischernetz durch die Luft schwang. Selbst wenn er einmal nicht geträumt hatte, versuchte er trotzdem, die Bilder und Geräusche einzufangen. Er wusste, dass er ein schlechtes Gedächtnis hatte, und so glaubte er, dass er den Traum irgendwann bei genauerer Untersuchung betrachten könnte. Er besaß ein Mikroskop, das sein Vater ihm geschenkt hatte. Zusammen mit einem Brief.

Lieber Jakob, zum Geburtstag alles Liebe der Welt. Viel Freude beim Forschen und Erkunden.

Herr Jakob hatte sich damals fest vorgenommen, dass, wenn er genügend Träume eingefangen hätte, er sie eines Tages in Ruhe untersuchen wolle. Er würde sie ganz behutsam mit einer Pinzette aus den Gläsern nehmen, sie auf die dünne Metallplatte unter die Linse legen und sie anschließend ganz genau betrachten. Er war schon ein sehr neugieriger

Mensch, dieser Herr Jakob. Seit seinem fünften Lebensjahr sind mittlerweile sechzig Jahre vergangen.

Nun war Herr Jakob jedoch fort. Hin und wieder erzählt man sich seine Geschichte. Die Geschichte vom Tag, an dem Herr Jakob vom Fenster verschwand. In allen Orten und Ländern dieser Welt erzählt man sich, man hätte ihn gesehen. Er wäre mit seinem klapprigen Fahrrad über die Landstraße gefahren und hätte in den einzelnen Dörfern und Städten Rast gemacht. Überall hat man ihn gesehen, in Restaurants, Büchereien, Bahnhöfen, auf Parkbänken. Einfach überall. Er sei sehr höflich gewesen, sagen die Menschen. Herr Jakob habe nicht mehr als eine warme Mahlzeit und eine Übernachtung gewollt und dafür habe er versprochen, ein wenig bei der Gartenarbeit zu helfen oder sich im Haushalt nützlich zu machen. All die Gläser hatte er mitgenommen auf seine lange Reise und sie in einem Anhänger hinter sich hergezogen. Da bereits die ganze Welt über Herrn Jakob berichtete, war man sehr glücklich über sein Erscheinen, und so war es für alle Menschen eine Selbstverständlichkeit, Herrn Jakob bei sich übernachten zu lassen. Auch gab man ihm sehr viel zu essen, weil natürlich alle Menschen in seiner Erinnerung bleiben wollten und sich heimlich erhofften, dass ihre Lieblingsgerichte in Herrn Jakobs Träumen auftauchten. Was normalerweise dazu geführt hätte, dass er in kürzester Zeit sehr rund geworden wäre, wäre er nicht die weiten Strecken auf seinem Fahrrad gefahren.

Es passierten seltsame Dinge. Hin und wieder fragten die Menschen, ob Herr Jakob nicht auch ihre Träume einfangen wolle. Sie gaben sich besonders viel Mühe, etwas sehr Schönes zu träumen. Bevor sie schlafen gingen, schauten sie sich Fotos ihrer Kindheit an, hörten ihre alten Schallplatten oder dachten ganz intensiv an ihre Vergangenheit. Die Menschen widmeten ihren allerliebsten Habseligkeiten sehr viel Zeit, weil sie hofften, dass Herr Jakob ihre Träume als besonders wertvoll empfinden würde. Aber als er danach stets ablehnte, ihre Träume einzufangen, waren sie sehr enttäuscht. Sie schimpften über ihn, manche Menschen waren so empört, dass sie ihn mitten in der Nacht aus seinem Schlafgemach vertrieben, aber als Herr Jakob dann am nächsten Morgen fort war, da schienen die Menschen trotzdem ein wenig glücklich zu sein. Es schien so, als hätten sie sehr genossen, sich mal wieder an die Dinge zu erinnern.

Nach vielen langen Jahren hörte man jedoch immer weniger von Herrn Jakob. Eines Tages fand jemand am Rand der Landstraße ein Fahrrad. Fast jeder Mensch wusste natürlich, wie Herrn Jakobs Fahrrad aussah, da man über ihn regelmäßig in der Zeitung las oder weil man sich diese Geschichte sehr oft erzählte. Und irgendwann fand man in einer nahegelegenen Scheune all die Konfitürengläser. Sie waren beschriftet. Chronologisch nach Datum. Dreiundzwanzigtausendsiebenhundertfünfundzwanzig Gläser.

Nun ist Herr Jakob fort. Man erzählt sich, dass er, da er irgendwann damit beginnen musste, all diese Träume zu untersuchen, mit dem Sammeln aufgehört hätte. Dann sei er in die Scheune gegangen, habe sich zurückgezogen und das allererste Glas geöffnet. Er habe sich so sehr auf die Erforschung seines Traums gefreut, dass er sich bereits ausmalte, was sich in dem Glas verbergen könnte. Dann machte er sich ein Lämpchen an und setzte sich auf den Holzstuhl. Er öffnete das Glas, nahm die Pinzette, legte den Traum vorsichtig unter das Mikroskop und dann …

Niemand weiß, ob Herr Jakob wirklich seine Träume sehen konnte. Niemand weiß, ob er wirklich schon als Kind Herr Jakob hieß. Und niemand weiß, ob die Frau vom Haus gegenüber, die auch keinen richtigen Namen hat, wirklich gesehen hatte, wie Herr Jakob mit dem Fischernetz durch die Wohnung lief. Alles, was man weiß, ist, dass es den Tag gab, an dem Herr Jakob vom Fenster verschwand, und dass man eines Tages beim Ausräumen seines Kellers fragte, wo das Fahrrad sei und wohin all die Konfitürengläser verschwunden seien. Dass man einen Brief fand, in dem nur stand, man solle ihm den Gefallen tun und neue Geranien auf die Fensterbank stellen. Womöglich können Sie ihn selber fragen. Vielleicht finden Sie ihn.

Drei Männer in der Trinkhalle

Hier im Büdchen, da kannten sie ihn. Drinnen stand ein wortkarger Herr inmitten Tabakwaren, Süßwaren und Bierflaschen. Draußen, in eisiger Kälte, neben dem Zeitungsständer – ein Stehtisch. Manchmal gegen Mittag kam er hierher und erzählte ein wenig. Da standen die beiden und hörten ihm zu. Und immer lag etwas Anklagendes in seiner Stimme. Ob er nun über Wirtschaft, Politik, Kultur oder über seinen Fußballverein sprach. Und wann immer er kam, dann war man anschließend froh, dass er wieder verschwand.

Doch irgendwann im November kam er plötzlich wirklich nicht mehr. Und man war sich einig, dass es schon schade wäre, denn im Grunde seines Herzens wäre er ein Guter gewesen. Auf eine gewisse Art und Weise hätte er durchaus seinen Humor gehabt, etwas eigen zwar, doch stets recht unterhaltsam – fast liebenswert. Und so hoffte man, dass ihm nichts passiert war. Auf dem Tisch lag zwischen Kronkorken und Zigarettenstummeln die Tageszeitung. Erster Schnee, Schweigen, dann Applaus.

Und als die Szene *Drei Männer in der Trinkhalle* vorbei war, der Vorhang fiel und die Schauspieler ihre Kleidung wechselten, da dachte der Regisseur, dass er eigentlich zufrieden sei. Aber irgendwie hatte er ein komisches Gefühl.

Wer weiß das denn schon?

Herr Wozniak saß einst mit Bleistift und einem schwarzen Büchlein in der Regionalbahn und machte emsig Notizen. Er vermerkte die Namen der Bahnhöfe und die An- und Abfahrtszeiten an den einzelnen Bahnhöfen. Er schrieb auf, wie lange die Türen geöffnet blieben und wie viele Fahrgäste an den Stationen ein- und ausstiegen. Vereinzelt fragte er die Fahrgäste nach ihrem Zielort und dem Grund ihrer Reise. Er erkundigte sich nach Umsteigebahnhöfen, der Art der Anschlussreise und nach der Art der Fahrkarte. Fleißig schrieb er alles in Sekundenschnelle in sein Büchlein und schien recht zufrieden mit seinen Ergebnissen.

Viele Jahre lang dachte man, dass es sich bei diesem Herrn um einen normalen Angestellten des Verkehrsbetriebs handelte, der im Zug seiner gewöhnlichen Arbeit nachginge, Statistiken ermittele und Fahrgastbefragungen durchführe. Als vor einiger Zeit jedoch ein offizieller Mitarbeiter des Bahnbetriebs in den Zug einstig und die Fahrkarten kontrollierte, da stellte sich raus, dass dieser Herr keineswegs einem offiziellen Dienst nachging. Zwar verfügte er über eine Monatskarte, nicht jedoch über einen Dienstausweis. Einzelne Fahrgäste zeigten sich empört, fühlten sich belästigt, manche gar verfolgt. Man drohte dem älteren Herren, zwang ihn, seine Aufzeichnungen zu vernichten und sich nie wieder in der Bahn blicken zu lassen. Manch anderer Fahrgast sah in dem Mann einen Irren, manche einen geistig Verwirrten, der einer höheren Ordnung nachging. Manche wiederum sahen ihn als poetische Figur einer kleinen Geschichte. Vielleicht war er einfach ein Mann mit einer großen Leidenschaft für Statistiken. Nicht mehr und nicht weniger. Jemand mit einem schwarzen Notizbuch.

Manches bleibt

Ich erinnere mich, als sei es gestern gewesen. Ich war ein kleiner Junge von nicht mehr als zehn Jahren und hielt dieses Buch in meinen Händen, ein unbeschreiblich altes Buch. Die dünnen vergilbten Seiten lösten sich bereits teilweise aus dem Einband. Einen Tag zuvor kaufte ich es einem Mann auf dem städtischen Flohmarkt ab. Er erzählte mir, dass ich es besser nicht kaufen solle, da es unfassbar langweilig für einen Jungen in meinem Alter sei. Ein Wanderer beschreibe darin Berglandschaften und schildere seine lange Reise durch die Gebirge Südamerikas. Nun, im Nachhinein kann ich sagen, dass solch eine Ehrlichkeit mir bis heute unvergleichbar geblieben ist. Ich habe diesen Mann damals gefragt, ob denn auch Bilder in diesem Buch seien, und er sagte nur: „Sieh doch nach!"

Ich öffnete also das schwere, dicke Buch, klappte es ziemlich mittig auf und blätterte durch die Seiten. Ich weiß nicht warum, aber irgendwie gefiel es mir. Bilder waren dort wirklich keine zu sehen, aber irgendetwas hatte dieses Buch an sich, was mich auf sonderbare Art einnahm. Ich kaufte es dem Herrn also für ein paar wenige Pfennige ab. Dieser Mann schien ein sehr schlechtes Gewissen zu haben. Jedenfalls sagte er, dass, wenn es mir nicht gefiele, was er stark annahm, ich es nächstes Jahr zurückbringen könne, er sei dann wieder an diesem Ort. Ich willigte ein und verabschiedete mich höflich.

Zuhause angekommen, konnte ich es kaum abwarten und ging sofort mit dem Buch auf mein Zimmer, zog die Vorhänge zu, schaltete die Lampe auf meinem Nachttisch an und legte mich ins Bett. Es war ein wirklich wunderschönes Buch, dem ein mir sehr vertrauter Geruch unseres Speichers anhaftete. Die Seiten waren ein wenig klamm und der Einband wies leichte Spuren von Schimmel auf. Ich nahm ein Taschentuch und strich damit vorsichtig über den Buchdeckel. Dann öffnete ich die Klappe und plötzlich fiel ein Foto heraus. Ich schätze, es hatte einmal als Lesezeichen gedient. Auf diesem Bild war ein Junge abgebildet. Ich zeigte das Foto dann irgendwann meiner Mutter und diese fragte mich, ob ich heimlich auf dem Speicher gewesen sei und in den Fotoalben geblättert habe. „Da warst du fünf", sagte sie, „und dein Vater, er schob dich in der Schubkarre durch den Garten."

„Nein", sagte ich, „dieses Foto, es steckte in dem Buch."

Und dann wurde mir bewusst, dass dieses Buch, welches damals scheinbar achtlos weggegeben wurde, auf sonderbare Art und Weise seinen Weg zurück zu mir gefunden hat. Ein Foto von einem Jungen in einer Schubkarre, direkt vor einem Haus im Wald. „Da haben wir gewohnt, als du noch klein warst", sagte meine Mutter.

Das ist nun viele Jahre her. Erst kürzlich stand ich vor dieser Türe. Ich habe in den Landkarten nachgeschaut, und dann bin ich hergekommen. Derselbe alte Weg, dasselbe alte Haus, dieselbe alte Türe. Und in diesem Moment kam alles wieder: das gleichmäßige Knattern des Rasenmähers, frisch gemähtes Gras, die Augen eines Vaters, der voller Stolz seinen Sohn mit einer Schubkarre durch den Garten schob, das Bellen des Nachbarhundes, das Quietschen der Scheunentürscharniere und diese grüne Gießkanne. Vorsichtig strich ich mit meinem Finger über die Haustüre. Da merkte ich, dass diese soeben frisch lackiert wurde und ich nun Farbe am Finger hatte. Vorsichtig klopfte ich an der Tür. Niemand öffnete, die Tür stand einen Spalt offen, ich ging also hinein und irgendwann fand ich mich auf dem Dachboden wieder. Ich strich zaghaft mit dem Finger über die Fachwerkbalken, als ich plötzlich eine Einbuchtung im Holz verspürte. Eine Kerbe, die über all die Jahre erhalten geblieben war. Eine letzte Bastion von *Es war einmal*, ohne den Anfang eines Märchens schreiben zu wollen. Manchmal bleibt nicht viel übrig, außer einer Kerbe. Die Zeit, sie hat sich hier eingenistet. Wie ein Vogel hat sie sich ein Nest gebaut und sich schlafen gelegt. Vorsichtig riss ich mit dem Finger ein Stückchen von sich langsam ablösendem, blätterteiggleichem Lack an der Türe ab. Was blieb, war eine kahle Stelle, ein Farbriss, eine Narbe. Häuser haben Narben. So wie Menschen Falten haben, wenn sie älter werden, Kaligraphien, die uns die Zeit in die Haut zeichnet. Die Türen werden immer neu lackiert, so wie Menschen ihr Rasierwasser wechseln oder man im Hause die Möbel umstellt, wenn man Veränderung herbeiführen möchte. Aber neue Farbschichten verändern nie das Material. Wenn man irgendwann mit Schmirgelpapier den Lack der letzten Jahre abschleift, dann steht man letztendlich doch wieder vor demselben Holz. Das Wesen eines Hauses, der Geruch des Hauses, er wird bleiben. Geschichte bleibt. Jeder schmale Riss, jeder Sprung im Fachwerkbalken ein beständiges Zeichen von wundervoller Verlebtheit. Und hier, im klammen Speicher auf dem knatternden Dielenboden, stand nun dieser kleine Soldat. Eine Zinnfigur. Vielleicht versuchte er, mit nicht mehr als einer Taschenuhr bewaffnet, die Sekunden einzufangen. Es war einmal ein Indianer: Klein-Adlerauge mit dem Schnitzmesser. Es war einmal ein Vater, der seinen Sohn mit der Schubkarre durch den Garten schob. Es war einmal Heimat. Es bleibe Heimat. Auf dem Flohmarkt sitzt auch weiterhin tagtäglich ein Mensch, der Bücher über Bergwanderpfade verkauft, Dachbodenfunde, *Der Schatz im Silbersee* und Zinnsoldaten. Und tagtäglich freut sich ein Junge, wenn er heimliche Schätze findet. Häuser sind Häuser. Kerben sind Kerben. Indianer sind Indianer und Gießkannen sind grün.

Signaturen

Seinen Vater hat er nun schon eine recht lange Zeit nicht mehr gesehen. Hin und wieder ging jemand in eine sehr exquisite Modeboutique, nahm sich einen teuren Anzug eines zeitgenössischen Designers, zog Hut und Krawatte an, dazu edle italienische Glattlederschuhe und stellte sich vor den Spiegel. Meist machte er dann ein ernstes Gesicht, so wie er das bei seinem Vater gesehen hatte, wenn dieser einen Hut trug. Danach richtete er mit einer sehr bedachten Handbewegung den Hemdkragen, strich über den Mantel, so als wolle er Staub entfernen, und zog den Knoten der Krawatte fest. Und er unterschrieb die Quittung mit einer sehr ähnlichen schnörkellosen linkskursiven Signatur wie der Vater.

Acht Millionen

In New York lebt ein Mann, der sich zum Ziel gesetzt hat, alle acht Millionen Einwohner der Stadt zu zeichnen. Bleistiftskizzen, eine Minute pro Zeichnung. Würde er vierundzwanzig Stunden am Stück zeichnen, bräuchte er fünfzehn Jahre, um sein Werk zu beenden. Angenommen, er wäre bei vollem Verstand, dann wäre dies doch eine wahrhaft schöne Geschichte. Da ist also ein Mensch, dem es wichtig ist, die Dinge zu katalogisieren, der eine Art Bestandsaufnahme seiner Stadt anfertigen möchte, vielleicht aus demselben Beweggrund, aus dem andere Menschen ihre Bücher mit Signaturen versehen, Postkarten an ihre Wände hängen oder Zinnfiguren sammeln. Eine dieser sonderbar-schönen Leidenschaften, die Menschen so haben. Schatten, Kontur, ein letzter Strich, ein fast vergessenes Detail. Die Wangengrübchen eines Herrn, der auf der Parkbank sitzt und sein wohlverdientes Mittagsschläfchen hält. Den letzten Stummel seines Kohlestiftes in der Hand haltend, sitzt der stille Beobachter auf den Kirchtreppen, inmitten vorbeiströmender Passanten, und schaut auf das Treiben am Marktplatz, den schütteren Bart eines alten Herrn zeichnend, der in diesem Moment die Augen öffnet.

„Es geht um Manifestation. Die Zeichnungen sind eine Art Inventur der Stadt."

Auf dem grauen Asphalt, zwischen Wolkenkratzern und Wohnblocks, die Hand über die Schläfen haltend, sitzt er und zeichnet heimlich die auf Bänken sitzenden Passanten. Die Personen wissen nicht, dass sie in diesem Moment porträtiert werden. Alles geschieht in einer ungeheuren Geschwindigkeit. Entzerrung der Zeit. Niemand ahnt in diesem Augenblick, dass er aus einer Momentaufnahme entrissen wird. Ich stelle mir vor, was der Zeichner sagen würde, wenn man ihn fragte, warum er die Menschen nicht fotografiere, er würde doch so entscheidend viel Zeit gewinnen. „Ich mag es nicht, zu fotografieren", würde er sagen. „Ich fürchte mich davor. Eine Fotografie ist zu bestimmt, zu definiert. Den Menschen soll eine gewisse Form von Fiktion gewährt bleiben. Ich möchte die Stadt nicht spiegeln, ich möchte sie erzählen. In dem Moment, in dem ich die Menschen fotografiere, ergreife ich Besitz von ihnen. Sie gehören mir, auch wenn ich sie nicht kontrollieren kann, ihre Bewegungen nicht zu erahnen und zu beeinflussen vermag, so ist es doch, als sei ich Herr über sie. Beim Zeichnen projektiere ich sie in eine zweite fiktive Zwischenrealität. Es ist, als schreibe ich Geschichten über sie, ich bringe sie in einen Zusammenhang, involviere sie in eine Art Konzept. Alles unterliegt einer Gesamtordnung, der Pulsschlag der Stadt, die Atemzüge, Fußspuren und Gesichtszüge. Aber die Menschen, sie bleiben Motive. Schon als Kind erging es mir so, dass ich die Dinge aus einem inneren Zwang in eine Ordnung bringen musste. Ich habe die Fahrgäste im Bus gezeichnet, wissen Sie, jeden verdammten Tag. Flüchtige Bleistiftskizzen, nicht sehr ausgereift, aber man konnte die Menschen wiedererkennen. Ihre wesentlichen Merkmale waren erkennbar. Es geht mir nicht um eine bestimmte Bildästhetik. Die einzelnen Illustrationen sind nur Teil des großen Ganzen. Die Katalogisierung, die Bestandsaufnahme, sie steht im Vordergrund. Als kleiner Junge habe ich die Bücher in dem riesigen Eichenholzschrank meines Vaters mit Signaturen versehen, alle Schallplattencover habe ich abgezeichnet und einen großen Ordner angelegt. Und einmal habe ich sämtliche Gemälde in einer Museumsausstellung abgezeichnet."

Da sitzt nun also dieser Herr auf den Kirchtreppen und beobachtet das Treiben auf dem großen Marktplatz. In seiner Hand nichts als ein kleines Notizbuch. In seinem Kopf nichts als eine Idee. *Strich, Kontur, Strich, Kontur.*

Ein rumänischer Opernsänger steht vor der Buchhandlung, während er aus voller Brust die Noten in die Stadt schmettert. Am offenen Fenster über der Bäckerei sitzt ein Junge und horcht. Im Buchladen sitzt eine junge Dame und liest ein Buch über Bukarest. *Strich, Kontur.*

Am Brunnen sitzt ein Kind und hält seine Füße in das kristallklare Wasser. Im Café sitzt eine Frau, schaut auf das Kind und denkt daran, dass sie eigentlich … *Strich, Kontur.*

Eine Blumenverkäuferin hält eine grüne Gießkanne in ihren zitternden Händen. Daneben sitzt ein junger Mann, schaut auf die Kanne und denkt an den Tag in seiner Kindheit, an dem sein Vater ihn mit der Schubkarre durch den Garten gefahren hat. Gießkannen sind grün. Szenenwechsel. In der U-Bahn schaut ein älterer Herr aus dem Fenster und sieht nichts als sein eigenes Spiegelbild. Eine dunkelhaarige Frau sitzt schräg gegenüber, bestaunt die Spiegelung im Fenster und findet, dass dieses Bild sie irgendwie an ihren Großvater erinnert. Es scheint, als lege sich ein Duft seines Rasierwassers über das Abteil. *Strich, Kontur.*

Ein großgewachsener, dürrer Mann sitzt auf den Pflastersteinen vor dem Bahnhof und spielt Akkordeon. Ein junger Herr will eine Münze in dessen Hut werfen und erhofft sich Absolution. Doch die Münze fällt neben den Hut, rotiert auf dem Asphalt und fällt durch den Gullydeckel. Die Kanalisationsvenen spülen seine Sünden ins Herz der Stadt. *Strich, Kontur.*

Ein Autor sitzt im Zugabteil und beobachtet die auf- und abschwenkenden Kabel der Strommasten. Er stellt sich vor, er würde seine Schriftzüge auf diese Linien schreiben. Hinter ihm sitzt ein Mann, der seinem kleinen Sohn erzählt, früher seien die Menschen viel größer gewesen und deswegen hätten sie ihre Wäsche auf den Stromkabeln aufgehängt. Die Landschaften seien früher viel farbiger gewesen.

Die seltsame Gleichzeitigkeit der Dinge: acht Millionen Menschen. Ein Mensch, ein Bild. Ein Beobachter. Eine Minute pro Zeichnung. *Strich, Kontur.*

Und ich wünsche mir so sehr, dass dies ein Mensch von vollem Verstande ist, der sich ein bescheidenes Ziel gesetzt hat, nämlich alle acht Millionen Einwohner der Stadt New York zu zeichnen, so wie andere Menschen sich vornehmen, ein Gedicht auswendig aufzusagen, und andere das Vorhaben pflegen, Briefmarken in Alben zu kleben. Ich wünsche mir, dass dieser Mann eines Tages daheim in seinem Hause sitzt und seinen Kindern erzählt, dass er früher einmal alle acht Millionen Einwohner seiner Heimatstadt gezeichnet hat. Und ich wünsche mir, dass die Kinder dann fragen, warum er dies getan habe, und dass er antwortet: „Weil ich diese Idee hatte, nur diese Idee. Und diese Idee habe ich realisiert."

Die Idee, eine verschmelzende Masse von Menschen in einem Monument zu erhalten. Die Idee, eine Bestandsaufnahme meiner Stadt anzufertigen, eine anonyme Flüchtigkeit in eine Geschichte zu verwandeln. Eine Stadt ist nicht mehr als ein riesiges Mosaik, jeder Mensch nur eine organische Spielfigur auf einem riesigen Schachbrett aus Teer und Beton. Dies ist die Idee, eine Geschichte ohne Worte zu schreiben, über die unergründliche Geschichte einer Stadt und die seltsame Gleichzeitigkeit der Dinge. Eine Gleichzeitigkeit, die es nie geben wird, weil sich die Protagonisten wie Schachfiguren verschieben, weil einzelne Türme vom Rand fallen und weil der stolze König in der Mitte irgendwann auf die Knie fällt, weil Figuren nach jedem Spiel wieder formiert werden. Die Symmetrie der Unregelmäßigkeit, die Idee, eine nicht vorhandene Struktur zu manifestieren und festzuhalten. Eine Geschichte erzählen und den Menschen eine Bedeutung zu gewähren. *Strich, Kontur.*

Wer ist dieser Mann? Nichts als ein Erzähler, eine Art Stadtschreiber. Ein Mann, der sich vorgenommen hat, eine riesige Skizze zu entwerfen, von einem Gemälde, das er niemals beenden kann. Bloß mit der Idee, eine Idee zu haben. Ein Mensch, acht Millionen Bilder. Diese Geschichte ist wahr. Jason Polan lebt in New York und hat zu diesem Zeitpunkt über sechzehntausend Menschen gemalt. Sein Gemälde wird niemals beendet werden. Es ist nichts als eine Idee.

Zaunkönige

Sie bekam einmal in frühster Kindheit ein Buch über Vogelkunde geschenkt. Auf Seite 12 war das Bild zweier Zaunkönige abgedruckt. Die Buchstaben und Wörter zu entschlüsseln, hat sie im Laufe ihres Lebens nie gelernt, aber das Buch trug sie auch im hohen Alter noch jeden Tag bei sich. Und wann immer es nicht regnete, setzte sie sich auf die lindgrüne Parkbank, schlug das Buch auf und betrachtete das Bild der beiden Zaunkönige. Passanten, die an der Bank vorbeikamen, hielten sie für eine begeisterte Leserin. Das war sie auch.

Nylon

In genau diesem Moment landet ein kleiner Vogel auf einer Hochspannungsleitung. Es ist, als spiele er ein leises Lied in Dur. Es klingt wie das zaghafte Zupfen an der untersten Saite der Gitarre. Nylon. Wenn man ganz leise ist, kann man es hören. An einer Hotelbar sitzt zeitgleich eine junge Dame mit rotem Lippenstift, bleich geschminkt, mit Augenringen, die an die letzten durchzechten Nächte erinnern. Ihr Atem trägt Spuren von kaltem Rauch. Traumverloren sitzt sie dort und lauscht den Klängen, die sich wie Nebelschwaden an der Zimmerdecke verlieren. „Es ist Zeit, zu gehen", hat er gesagt.

„Vielleicht ist genau dann Zeit, zu bleiben", dachte sie. „Irgendwer muss doch bleiben."

Sie schaut auf die Bühne. Scheinwerferlicht, flatternde Fliegen in Photonenfeldern, angezählter Takt, prasselnder Paukenschlag, Posaune und Altsaxophon. Die erste Session, reine Improvisationen. Sich bis dahin fremde Menschen erschaffen in wenigen Minuten eine Vertrautheit, die scheinbar nur durch Musik möglich ist. Das Spiel auf der Bühne ein Spiegel der Facetten menschlicher Annäherung. Die selbstlose Zurückhaltung des Drummers, wenn der Trompeter wie im Wahn am Bühnenrand zum Solo ansetzt, das gemeinsame Takt-Anzählen vor dem Spiel, das Selbstverständnis des Bassisten im Hintergrund, der Pianist, der spürt, dass es Zeit wird, mit ruhigen Tönen das Gesamtwerk zu zähmen. Vor dem roten Vorhang schlüpft niemand in fremde Rollen, es ist kein Theaterspiel nach geschriebenem

Drehbuch. Es ist Jazz in all seiner Wahrhaftigkeit. Mehr als Musik, mehr als ein Rhythmus, vielmehr der letzte Versuch, diese Welt zu verklären und aus dem Selbstverständnis der Asymmetrie eine Kraft zu schöpfen.

„Es ist Zeit, zu gehen", hat er gesagt.

Die Worte hallen noch immer durch ihren Kopf. Sie schließt die Augen und verliert sich in Bildwelten: Ein Saxophonist steht in gleißendem Sonnenlicht auf einem Hochhausdach und erschafft den Wind, wirbelt Laubblätter auf, sie zirkulieren umher. Eine Art Vibration durchdringt die Straßen und wirbelt Zeitungen auf. Die Hüte der Menschen tanzen in der Luft. Der Saxophonist pustet die Noten wie einen warmen Regen in die Stadt. Von oben sieht er die Regenschirme der Menschen – Nylon. Bunte Oberflächen, einzelne Farbtupfer, die sich zu einem abstrakten Gemälde vereinen, ein akustisches Aquarell. Ein warmer, satter Bass. Der Saxophonist gebärt eine wunderschöne Welt aus seinem Atem, führt das weltliche Orchester. Die Telefonzellen und Litfaßsäulen applaudieren mit stehenden Ovationen am Straßenrand und die Laternen neigen anerkennend ihre Köpfe. Sie öffnet ihre Augen und schaut erneut auf die Bühne. „Es ist Zeit, zu gehen", hat er gesagt.

Sie schwieg.

Der nächste Song auf der Platte: Flughafenrolltreppen, eine Durchsage im Terminal. Im Hintergrund leicht gefiltertes Turbinenrauschen, dazu dumpfe Gesprächsfetzen, kaum hörbar, gedämpfter Unterwassereffekt. Sie schaut durch die Fenster auf die hell erleuchteten Rollfelder. „Es ist Zeit, zu gehen. Womöglich ist es das wirklich."

Die schönste Form des gleichmäßigen Rollkofferratterns erfolgt nach dem Verlassen der Flughafenrolltreppe auf den geriffelten Bodenplatten. Es klingt wie das Schnurren einer exakt zweieinhalb Jahre alten Katze.

Zeit und Benzin

„Komm, wir spielen ein Spiel!", hast du gesagt. „Es heißt Freiheit. Komm, wir setzen uns ins Auto und fahren in die Berge! Nur du und ich und dieses Spiel."

Und ehe wir uns versahen, saßen wir in deinem Auto. Ich auf dem Beifahrersitz und du neben mir am Steuer. Im Radio lief dieser Song aus unseren Kindheitstagen. Rückblick: Wir zwei auf dem Feldweg. Dieser Baum – das war *unser* Baum, und von dort konnten wir über das ganze Maisfeld blicken. Die Windräder, Strommasten, die diesigen Dachspitzen der Stadt und dieses unendlich weite Feld. Und dann sind wir gerannt, einfach gerannt. Querfeldein in gleißender Sonne. Nur unsere Köpfe waren erkennbar, die Getreidegräser bis zum Hals. Einfach gerannt und gerannt. „Komm, wir spielen ein Spiel!", hast du gesagt. „Es heißt Freiheit."

Und dann lagen wir da, im Feld unter dem Strommast. Nur wir und dieses Surren. Dieses sonderbare Surren.

Aber jetzt sitze ich hier neben dir im Auto und wir fahren in die Berge, gleiten über trockenen Teer, die Scheibenwischer im beruhigenden Takt. Das Radio, die geschlossenen Fenster, unser Glück im Kofferraum und unsere Vergangenheit in Form von zwei Kassetten im Handschuhfach.

Damals: Nur wir zwei auf der Rückbank und all die Geschichten, die wir uns ausgedacht haben. Wir haben Geschichten geschrieben. „Komm, wir spielen ein Spiel!", hast du gesagt. „Es heißt Geschichten schreiben."

Und dann haben wir die entgegenrasenden Autos beobachtet und uns aus den Kennzeichenbuchstaben kurze Geschichten ausgedacht. B-AS-2943, K-MF-398. Wir haben die Geschichten in unser Aufnahmegerät gesprochen und uns geschworen, niemals würden wir diese Geschichten jemandem zeigen.

Jetzt sitzt du neben mir und im Handschuhfach finden wir diese Kassette, legen sie ein und hören uns die alten leiernden Geschichten an. B-AS-2943. „In Berlin wohnte ein Mann, der hieß Albrecht. Von Beruf war er Schreiner. Er hatte neunundzwanzig Katzen und seine Hausnummer war dreiundvierzig."

Nicht sehr kreativ, aber immerhin war dies meine erste eigene Geschichte. Die Autobahn, die Verkehrszeichen, die Städteschilder, unsere Rekorder, die Asphaltgeschichten, die rasenden Autos und diese flimmernden Lichter. Da waren wir Kinder, da saßen wir da, auf der Rückbank. Unter dem Autodach, nur wir und dieses sonderbare Flimmern. Nun gleiten wir über den tiefschwarzen Teer. Unter Temponachtfaltern und schwach schimmernden Städteschilderschmetterlingen. Wir werden langsam, biegen auf die rechte Spur, ein kurzer Halt an der Raststätte. Heißer Kaffee, ein paar Lakritze, eine Zigarette. Wir sitzen vor der Tankstelle, trinken unseren Kaffee und lassen uns die Sonne auf den Kopf scheinen. „Komm, wir spielen ein Spiel!", hast du gesagt. „Ein Spiel namens Rast."

Jetzt sitzen wir hier wie atmende Denkmäler im Abenddämmern vor der Zapfsäule und atmen den dumpfen Duft von Diesel. Es ist wundersam schön. Wir lassen uns treiben wie Ruderboote auf wogenden Radioempfangswellen. Dieses Szenario: Tankstellen und Raststättenstille, zwischen temporär vergangenem Fernfahrerfahrtwind und Trittbretträumen, da taumeln wir wie Tannenzapfsäulen auf Duftbaumkronen, wie batteriebetriebene zum Fahrtbeat vibrierende Wackeldackel auf Hutablagen. Zwischen LKW und UKW, wo dich Frequenzen auf Ultrakurzwellen im Schwertransporter zum Herztanz fordern. Da waren nur wir. Und wir lagen da, auf dem Tankstellenparkplatz. Nur wir und der Duft von Benzin. Dieser sonderbare schöne Duft.

Und dann ging es weiter. „Komm, wir spielen ein Spiel!", hast du gesagt. „Ein Spiel namens Freiheit."

Zwischen Markierungspfeilermeilensteinen treten wir unsere unsichtbaren Reifenprofilspuren in den anthrazitfarbenen Asphalt, gleiten vorbei an Nahtstellen und Notrufsäulen, an Knotenpunkten und knatternden Motoren auf Standstreifenspuren, schweben zwischen im Wind zitternden Fahrrädern auf Dachgepäckträgern und an Reisebusscheiben winkenden Kinderhänden, zwischen Scheinwerferstrahlen, aufblitzenden Blinklichtern und blauen Blechblättern. Wir sind kursive Handschriftzüge auf Betonschutzwänden, sind rinnende Regentropfen im Leitplankenplätschern. Wir tragen unsere Handschuhfachhabseligkeiten in eine ungewisse Zukunft. Die Arme schlackern aus dem offenen Fenster im Wind. Die Scheibenwischer im Takt dieses Songs, der gerade läuft. Die leiernde Kassette im Autoradio. Nur wir zwei. Und dann sehen wir dieses Kind vor uns im Reisebus. Es winkt uns zu. Und langsam erkennen wir, wie es in sein Aufnahmegerät spricht und Kennzeichensignaturgeschichten schreibt. M-SF-321. Da waren zwei Menschen und spielten ein Spiel namens Freiheit. Und ihre Zukunft beginnt in 3, 2, 1 ...

Einsichten eines herabstürzenden Mannes

Während er sich in imposanter Geschwindigkeit dem Erdball näherte, beschloss der Fallschirmspringer, dass er nun einiges ändern wolle. Er wolle zurückkehren – zu seiner Frau und den Kindern – und sich aufrichtig für seine Fehler entschuldigen. Fortan wolle er sich kümmern, Verantwortung übernehmen und ein gewissenhafter Mensch werden. All das dachte sich der Fallschirmspringer, während er sich in imposanter Geschwindigkeit dem Erdball näherte.

Als die unter ihm liegende Landschaft zunehmend an Kontur gewann, da beschloss er, den Fallschirm zu öffnen. Nur noch wenige Meter. Er gedachte nochmals, nach seiner Ankunft all die Entschlüsse einzuhalten zu wollen. Dann zog er an der Leine.

Der Fallschirm öffnete sich und der Mann schwebte über den Feldern, tänzelte durch die Lüfte. Die Welt so von oben betrachtend, war er glücklich wie niemals zuvor. Schon morgen würde er endlich heimkehren, mit seiner Frau und den Kindern reden und ein neues altes Leben beginnen.

Dann landete er.

Am nächsten Tag starb der Mann an einem Herzinfarkt. Das ist eine sehr traurige Geschichte, werden sie vermutlich sagen. Immerhin hatte der Fallschirmspringer Einsicht. Nun, verzeihen Sie mir!

Nordwind

Da liegen wir wie Regenrinnen, blechern und matt – auf dem Wipfel der Welt, den Dächern der Stadt.

Nordwind. Februar, 06:30 Uhr. Tag und Nacht verschwommen wie zwei ineinanderfließende Farbtupfer. Wir liegen, eingepackt in dicken Winterjacken und Wolldecken, auf dem Flachdach, schauen auf die diesigen Dachspitzen der schlafenden Stadt. Nur wir, zwei Flaschen Weißwein, ein paar Zigaretten und der immer leiser werdende Ton der Nacht. Auf dem Balkon gegenüber hängt eine alte Dame schlaftrunken ihre Wäsche auf. Handtücher und Spannbettlaken. Mir ist, als dringe der Duft von Waschpulver bis tief in meine Nase. Die farblich symmetrische Abfolge der Wäscheklammern ergibt ein harmonisches lineares Bild, welches mir in diesem Moment irgendwie eine gewisse Stabilität suggeriert. Auf der Brüstung steht eine grüne Gießkanne. Irgendwie schön. Wir sitzen hier direkt vor unserem kleinen Zelt, spielen *Vier gewinnt* mit Wohnblockhäuserfronten, an deren Fenstern die Lichter in unregelmäßigen Intervallen kreuz und quer aufblinken. Silhouetten von menschlichen Körpern, die sich unter dem Glühbirnenflackern an den Scheiben entlangschleichen. Und dann ist da dieser Baustellenkran, ein riesiges aufragendes Ungetüm. „Komm, wir klettern hoch und klauen den Menschen mit dem Stahlseilhaken ihre Kopfbedeckungen, spielen *Spitz pass auf!* mit der Stadt."

„Ja, das machen wir. *Fang den Hut!*"

„Oder wir spielen *Mensch, ärgere Dich nicht.* Wir sortieren die Menschen nach ihrer Jackenfarbe und bringen sie zurück in ihre Häuser, denn eigentlich sollten sie noch schlafen um die Zeit. Irgendwann klettern wir auf diesen Kran. Versprochen."

Unglaublich, wie viele Variationen von Lichttönen es doch gibt. Von blassweiß bis tiefrot. Die Ampeln schlafen, dann und wann blinken einzelne Farbflecken auf, Lichterketten, die sich durch die Stadt schlängeln. Die Autobahnen in weiter Ferne. Asphaltregenwürmer.

08:00 Uhr. Zwischenwelten. Wir sehen, wie langsam die ersten Laternen und Straßenlampen ausgehen. Immer Stück für Stück nach dem Schaltsystem. Doch von hier oben, aus der Ferne, wirkt es, als liefe noch ein emsiger Laternenauspuster durch die Straßen, jeglicher Elektrizität trotzend. Schritt für Schritt, pusten und pusten. Unter uns die Oberleitungen der Straßenbahn. Manchmal hat man das Gefühl, man könne auf diesen Seilen balancieren und über die Stadt schlendern. Halbton für Halbton im Drei-Viertel-Takt, begleitet von den Geräuschen hochgezogener Jalousien, aufgeklappter Schieferhausfensterläden und der ersten aufheulenden Motoren. Ein Rattern, Knattern und Klappern. Ihre Häuser verlassend, wandeln die ersten Menschen im schlendernden Gleichschritt auf den gähnenden Bürgersteigen, deren Gullydeckel noch den nächtlichen Schlafsand in den Augen haben. Morgendämmern. In der Satellitenschüssel schlummernde Wasserpfützen. Begleitet von den Ovationen der ersten zwitschernden Vögel verbeugt sich der Mann im Mond und verschwindet hinter dem blassblauen Vorhang. Du liegst auf dem Bauch und flüsterst einzelne Silben in die Regenrinne. Unten steht ein Hund und wundert sich, warum die Regentonne sprechen kann. Ich liege neben dir und spiele Klavier auf den Tasten deiner Wirbelsäule. Halbton für Halbton. Wir liegen hier, auf nach Teer riechender Dachpappe, zwischen Silvesterraketenleichen und Kronkorkenkolonien, und schauen auf die langsam aufwachende Stadt. „Weißt du, früher wollte ich immer Schornsteinfeger werden", sagte ich. „Ich weiß gar nicht, warum. Vermutlich nur, weil ich den Anblick von sattschwarzen Schornsteinsilhouetten so gerne mag. Ab und zu steigt eine Dampfwolke aus ihnen hervor und schmiegt sich spiralförmig in die Gasgebilde. Schornsteinfeger, das wäre schön gewesen."

„Aber bestimmt hättest du dann meinen Zylinder gestohlen, von deinem Kran aus, mit diesem Stahlseilhaken. Ja, das hättest du."

„Früher hattest du auch einmal Träume", erwiderst du. „Du hast mir mal gesagt, dass wir zum Nordkap fahren und dort Forellen im Eiswasser fangen werden, nur wir und unser Rucksack, per Anhalter immer Richtung Norden. Früher, da hattest du Träume."

Und ich sage: „Sieh mal, dort hinten! Siehst du die Schornsteine? Stell dir mal vor, wir schlüpften einfach durch sie hindurch. Und dann ... würden wir womöglich feststellen, dass ... Nun, wenn wir jetzt tatsächlich am Nordkap wären, ... könnte es passieren, dass all diese Dinge viel schöner waren, als sie noch Träume waren. Sieh mal, es geht doch alles viel zu schnell. Die Zukunft ist doch immer bloß einen Augenblick entfernt. Du schließt deine Lider und zack ... Zukunft. Der Bruchteil einer Sekunde. Mehr nicht. Wenn man träumt, dann erscheint alles so real. Immer wenn ich versucht habe, meine Träume aufzuschreiben, dann waren sie bei weitem nicht mehr so schön wie vorher."

Nord, Süd, Ost, West. Und wir mittendrin. Das ist doch das Schöne an den Himmelsrichtungen. Wie viele Schritte man auch weitergeht, die eigene Perspektive ändert sich dabei nicht. Alles bleibt, wie es ist. Nord, Süd, Ost, West. Über uns kehrt der Milchstraßenkehrer den Planetenstaub fort und unter uns, meilenweit entfernt, da sitzen zwei Laternenfische auf dem blubbernden Bordstein und werfen ihr schwaches Licht auf den Zitteraal, der eigentlich nur zittert, weil ihm kalt ist. Ist auch wirklich sehr kühl da unten. „Sieh mal, dort drüben! Da liegen die Berge, und dort hinten müsste irgendwo das Nordkap sein. Und wo sind wir? Hier!" Auf unserem Weißweinatem schlafen die Glühwürmchen. Zwischen den Zigarettenstummeln und den Kronkorkenkolonien, da steht unser Zelt. Hier auf dem Flachdach. Nach Teer riechende Dachpappe und das Geräusch von Morgendämmerung. Im Weinglas schlummert eine trunkene Fliege und summt ihr letztes Lied. Nordwind. In den Kopfhörern lauschen wir der Welt. Die langsam einsetzende Perkussion der ersten Schritte, der dumpfe blecherne Bass, der Saitenanschlag auf der Straßenbahnoberleitungsgitarre, der erste leise Klang auf dem Klavier. Ganz langsam setzt der Gesang ein und du flüsterst dieses Lied durch die Regenrinnen.

Das Lied der Welt rinnt durch den Blechfilter, gedämpft wie durch Schallschutzschaum. Unten steht noch immer der Hund vor der Regentonne und wundert sich. Wir träumten von entfernten wunderbaren Welten, von gestern und morgen, und merken nicht, dass wir schon längst am schönsten Ort der Welt angekommen sind. Genau zum richtigen Zeitpunkt, im richtigen Takt. Und dann legen wir uns in die Satellitenschüssel, mit geschlossenen Augen, unsere Schläfen ertastend, und schlendern schlummernd in den Tag. Halbton für Halbton.

Da liegen wir wie Regenrinnen, blechern und matt – auf dem Wipfel der Welt, den Dächern der Stadt.

Moskau, linke Hand

Fokus, Tiefenschärfe. Mit der Kamera in der Hand und den Kopfhörern in den Ohren, sitzt er, nahezu versunken, auf einem Platz in der hintersten Reihe und streift schwebend durch diese Stadt. Er schaut aus dem Fenster und kann kaum greifen, wie sehr er diesen Ort irgendwann in sein Herz geschlossen hat. Diese Stadt, die ihm einst noch so abstoßend erschien. Fort wollte er einst, so schnell es nur ging. Weit, weit fort.

Und nun, Jahre später, kann er sich kaum mehr vorstellen, zu gehen. Wenn die schwebenden Boote über das Wasser gleiten, dann sieht man das wahre Gesicht dieser Stadt. Die fragilen Fassaden, den bröckelnden Putz, die zerschlagenen Fenster in ihrer trostlosen Schönheit, ihrer eleganten Tristesse. Diese Stadt – er liebt sie. Ein widersprüchlicher Ort, in dem die Villen aus früheren Zeiten die Verwahrlosung verschleiern – die ihr eigener Gegensatz ist. Wo sich im Schutze der grünen Berge eine stählerne Schlange über den Fluss legt. Wo es nach Industrie riecht, nach Öl und Maschinenfett. Noch immer, nach all den Jahren. Dann und wann sprießt inmitten der Industrieruinen eine Blume auf, die ihrem Schicksal trotzt und die sich beharrlich, verzeihbar kitschig durch die maroden Fugen der Kachelwände bohrt. An den Betonwänden Parolen und Bilder. Simulierte, künstlich evozierte Farbigkeit.

Er denkt an Gleis 1. Dort sitzt sie wohl, wie gewohnt. Die alte Dame, umgeben von Flüchtigkeit und Schamgefühl. Dort oder am Rathaus sitzt sie immer und prägt das Bild dieser Stadt. Und vielleicht wäre die Stadt eine andere, wenn sie fort wäre. Vielleicht ist *sie* das Gesicht dieser Stadt, ihre Konstante. In ihrem Trotz, ihrer starren Beharrlichkeit. „Moskau, linke Hand." Man kennt sie. Man will sie nicht sehen, doch man sieht sie. Man versucht, sie zu vergessen, doch man vergisst sie nicht. Und wenn sie fort wäre, würde man es merken. Und man würde sich erinnern. „Moskau, linke Hand."

Noch immer sitzt er im Schlund der stählernen Schlange und passiert erneut die qualmenden Schlote, die Rohrkonstruktionen, und man sieht, wie sich der Dampf über die Stadt legt oder aus den Blechrohren am Fluss quillt. Er erinnert sich an den Webstuhl der Großmutter, Textilfabriken und Färbereien. Ausgerechnet Färbereien. Und er wundert sich, wo die Farbe geblieben ist. Aber dann blickt er auf die Dachterrassen: gespannte Leinen, kolorierte Wäscheklammern, grüne Gießkanne und Katzen, die sich in der Sonne suhlen oder eben im Regen. Und auf diesen umzäunten Metern scheint sich all die Farbigkeit der Stadt zu komprimieren. Wer hier wohnt, muss Träumer sein, sonst ist er verloren. Man braucht ein gutes Auge und ein wenig Phantasie, um die Farbe hier zu erkennen. Aber wenn man sie dann gefunden hat, ist sie umso schöner.

Erneut ein Blick aus dem Fenster. Linsenspiegelung. Der Zoo, umzäunte Landschaften. Davor das Stadion und wenige Meter weiter ein Spielplatz: Kinder in Gummistiefeln stehen im Regen vor einer nassen Schaukel. Auf ihr niemand. Westende, Pestalozzistraße, Robert-Daum-Platz. Er steigt aus und geht ein Stück zu Fuß, streift mit behutsamer, bedachter Schrittfolge durch die Straßen, denkt an Farbigkeit, an Möglichkeiten und an simulierte Realitäten. Er denkt an das Theater, an Bühnen, an Wäscheklammern und grüne Gießkannen. Und er weiß, dass diese Möglichkeiten sich niemandem aufdrängen, aber er weiß auch, dass, wenn sie fort sind, er ein großes Stück Hoffnung verlieren würde. Irgendwann wird auch die beharrlichste aller Städte ihrem

Ende nahekommen. Irgendwann ist morgen und irgendwann ist das Theater weg, dann der Bolzplatz und irgendwann die alte Dame am Bahnhof. „Moskau, linke Hand."

Vom Luisenviertel schlendert er berghoch in die Nordstadt. Das zitternde Gerüst des Bolzplatzes. Brauner Schlamm und Träume. Die Innenhofgärten – eine erdichtete Spiegelung von Idylle im urbanen Umfeld. Ein umgekippter Gartenzwerg. Eine rostige Schubkarre, in ihr erneut morsches Holz. Gedanke an Umbruch. Sie können uns alles nehmen, denkt er, aber nicht unseren Trotz, unseren unbeugsamen Glauben an ein gemeinsames Leben voller Gemeinschaft und vernetzter Kultur. Ganz oben angekommen, steht er vor einem stillgelegten Bahnhof und blickt auf einen Schriftzug.

Er lächelt und blickt auf das Tal herab. Nicht Städte sind Heimat, sondern die Menschen darin. Wir können nichts dafür, wo wir herkommen. Es ist nicht der Ort, der uns bindet, sondern das, was wir daraus gemacht haben. *Utopia ist überall.* In der Ferne die Hügel. Am Himmel gleißendes Licht.

Was kann denn ich dir noch vom Schnee erzählen?

Ich wollte dir eine Geschichte erzählen, eine Geschichte von einem Kind und einer Schneekugel, und du sagtest nur: „Hör mir doch auf mit Schneekugeln. Darüber ist doch schon alles gesagt worden. Schneekugeln sind schön, aber kitschig. Über den Schnee wurde alles gesagt, alle Gedichte sind geschrieben, alle Bilder gemalt."

„Warte doch! Lass mich *dir* doch was vom Schnee erzählen … Dieser Junge und die Schneekugel, er hatte sie in seinen Händen und …"

„Nein, es gibt keine Schneekugeln. Schneekugeln existieren nur in der Literatur. Sie sind nichts als aufgebrauchte Metaphern. Was willst denn *du* mir erzählen? Geschichten von unberührten Landschaften, von schneebedeckten Dächern, von Speichern, von Heimat, von damals?"

„Sieh mal, wir wollten nach Montauk fahren! Nach *Montauk*. Aber du sagtest wieder, dass es kein Montauk mehr gebe, denn wir hätten Montauk in den Filmen gesehen, von Montauk in Büchern gelesen. Da gebe es für uns nichts mehr zu sehen. Montauk sei zu definiert, als dass wir es noch entdecken könnten."

Es scheint, als seien alle Bilder verbraucht, als lebten die Menschen nur noch auf der Grundlage einer gemeinsamen Erinnerung. Das kollektive Gedächtnis: wie eine aufgespannte Leine über der Erde, an der an Wäscheklammern einzelne Fotos haften. Abermillionen unzählbare Fragmente von erlebten Geschichten. Aber irgendwann haben wir aufgehört, Fotos aufzuhängen, und nun zehren wir von den Bildern, die ohnehin schon da sind. „Wenn du von einer Schneekugel erzählst, denken wir alle an eine staubige Kiste auf dem Speicher, ein alter Mann sitzt oben, wühlt in der Vergangenheit, fühlt sich an die Tage seiner Kindheit erinnert. Was willst denn du mir noch vom Schnee erzählen?"

„Aber wusstest du, dass die Eskimos neunzig Wörter für Schnee kennen? Ich habe das mal gehört oder gelesen. Das ist doch so eine Geschichte, von der man irgendwann mal Notiz nimmt."

„Nein. Es sind nur unterschiedliche grammatische Zusammenhänge und es heißt nicht *Eskimo*. Das sagt man nicht mehr. Es heißt *Inuk*."

„Aber die Geschichte mit dem Schnee ist doch ganz nett. Neunzig Wörter. Vielleicht waren sie sich dessen gar nicht bewusst. Für sie war es ja eine Selbstverständlichkeit und irgendwann haben sie davon in einer Zeitung gelesen. Ein Mann sagte dann zu seinen Kindern: ‚Habt ihr schon gewusst, wir haben neunzig Wörter für Schnee. Ist das nicht schön?'

Vielleicht war dieser Mann sehr stolz auf sich und sein Volk und hat sich dann gedacht: ‚Na, wenn wir schon neunzig Wörter für den Schnee haben, dann können wir uns doch auch neunzig Wörter für die Erde oder das Wasser überlegen.'

Vielleicht wurden die Kinder neugierig und eines hat sich gesagt: ‚Ich will wissen, ob die anderen Völker auch neunzig Wörter für den Schnee haben. Ich glaube das alles nicht.'

Und vielleicht ist dieser Junge dann vor die Tür gegangen und hat ein Loch geschaufelt. Vielleicht war dies der offizielle Beschluss eines Inuks, erstmalig ein Loch durch die ganze Erde zu graben. Nur um zu erforschen, was sich auf der anderen Seite tut, wie die Menschen dort den Schnee nennen, den Frost und die Eiskristalle. Und dann hat er dieses Loch gegraben. Womöglich fasste am anderen Ende der Welt, genau in dem Moment, ein anderer Mensch den gleichen Beschluss und grub auch ein Loch, weil er gehört hatte, dass sein Volk nur ein Wort für den Schnee kennt, und weil er jetzt auf der Suche war, nach neuen Wörtern. Er wollte die Inuit besuchen, um sie nach Hilfe zu fragen. Und dann hat er gegraben. Fünfundvierzig Jahre lang."

„Das ist doch Unsinn", sagtest du. „Das wissen wir beide."

„Nein, diese Geschichte ist wahr. Es hat nur nie jemand mitbekommen. Diese beiden Menschen … genau am Erdmittelpunkt sind sie mit ihren Köpfen aneinandergestoßen und haben sich so sehr erschrocken, dass sie in Windeseile wieder zurückgekehrt sind. Und dann haben irgendwann beide unabhängig voneinander beschlossen, Stillschweigen zu bewahren. Weißt du, es waren stolze Männer. Vielleicht haben sie sich für ihre Furcht geschämt. Niemanden hätte diese Geschichte interessiert, die Geschichte von einem Inuk, der nur ein halbes Loch durch die Erde gegraben hat und dann wieder umgekehrt ist. Es wäre ja eine Geschichte vom Scheitern oder der Angst womöglich. Wir wissen also nicht, ob das passiert ist."

„Doch, das wissen wir. Denn man kann kein Loch zum Erdkern graben, das ist bewiesen, es ist technisch nicht realisierbar. Was willst denn du mir noch vom Schnee erzählen? Jede Metapher ist verbraucht, jedes Sprachbild gemalt. Willst du mir erzählen von Morgentau, von klirrendem Atemfilm an Fensterscheiben, in den du unsere Namen schmierst, von schneebedeckten, zugefrorenen Seen, auf denen wir uns fallen lassen und Schneeengel bilden, vom Flocken-flacken? Das haben wir doch schon alles gehört. Erzähl mir nicht mehr von Kaminöfen, von Salz in Tauwasserpfützen, von rostigen Kehrschaufeln, von Schlittenspuren, der Stille auf den Straßen, von der Langsamkeit. Erzähl mir nicht von Montauk. Das alles ist doch nur eine endlose Wiederholung. Ein wiederkehrendes Klischee. Fang nicht wieder an, mir vom Seefahrer John Franklin zu erzählen. Es war nicht die Langsamkeit, von der du glaubtest, dass du sie durch dieses Buch wiederentdeckt hättest. Es war deine Trägheit, die dir längst innewohnte. Du hast dir die Trägheit schöngeredet. Durch Begriffe wie *schlendern* und *schlurfen*. Aber es war deine Trägheit! Mal deine eigenen Bilder! Hör auf, den anderen zu glauben! All den Malern, den Autoren, den Bildhauern, den Pianisten. Bediene dich deiner eigenen Erinnerung, deiner eigenen Realität! Bitte stehle sie doch nicht den anderen. Die Wirklichkeit sind wir. Die Wirklichkeit ist jetzt. Hier. Und du kannst mir nichts mehr vom Schnee erzählen. Erst recht nichts mehr von einer Schneekugel. Das ist alles Klischee, alles endlos wiederkehrender Kitsch von damals. Und du glaubst diese Geschichten. Filterst sie so, dass sie dir passen. Und jetzt glaubst du, du wärst wirklich in Montauk gewesen. Glaubst, dass wir da standen, am Bahnhof im Schnee. Wir haben Bilder betrachtet. Draußen auf Häuserwänden, in Museen, Galerien haben wir Bilder betrachtet. Bilder von Windmühlen, von Feldwegen, von rauchenden Männern in Kneipen. Und jetzt glaubst du diesen Bildern. Unser Gedächtnis ist nicht zuverlässig, weißt du, wir füllen die Lücken, die wir vorfinden, durch fiktionale Ereignisse, die nie stattgefunden haben, und adaptieren sie in unsere Wirklichkeit. Wir waren nie in Montauk oder in Prag. Du warst nie auf einem Schiff. Du bist seekrank, du Narr. Und wenn es schneit, bist du der Erste, der sich den Sommer herbeisehnt. Nein, wir waren hier. Wir rauchten und tranken, zertrümmerten die Nacht und suhlten uns nackt in ihren Trümmern. Ein Hoch auf unsere Eitelkeit! Hat dir das nicht gereicht? Und jetzt häng die Girlanden auf! Morgen beginnt das neue Jahr. Wir wollen feiern und tanzen."

„Aber interessiert es dich nicht? Dieser Inuk, vielleicht stand er vor seiner Türe und fasste am frühen Morgen den festen Entschluss, ein Loch durch die Erde zu graben. Nun gut, vielleicht hatte der Inuk keine Schaufel und fasste am späten Morgen den Entschluss, sich wieder schlafen zu legen. Das wäre schade. Oder aber er hat es doch geschafft, lugte nach neunzig Jahren mit dem Kopf aus dem Boden und dachte sich: ‚Oh weh! Hier ist es ja genauso kalt wie bei uns.' Aber vielleicht, nur vielleicht, kam er hinaus und sagte: ‚Guten Tag, ich bin ein Inuk und mein Volk kennt neunzig Wörter für Schnee, und was kennt ihr?' Und der andere sagte: ‚Sie werden es kaum glauben, aber wir haben neunzig Arten von Schnee für ein Wort.' Und dann war der Inuk ganz beeindruckt."

Es geht nicht um Wirklichkeiten, sondern um Möglichkeiten. Literatur ist unsere Wirklichkeit. Die Malerei ist unsere Wirklichkeit. Die Musik. Wir werden wieder von Schnee erzählen, immer wieder und wieder. Aber mit neuer Sprache, mit neuen Bildern und Klängen. Kunst zeigt uns die Möglichkeiten auf und aus diesen formen wir die Wirklichkeit. Das kollektive Gedächtnis der Menschen gleicht einem Glasdach über einer Schneekugel. Und jetzt nehmen wir die Fäuste und schlagen die Scheiben ein, bauen aus den Trümmern die Zukunft auf und schmücken sie mit den alten Girlanden. Dieses Kind, weißt du, vielleicht ließ es die Kugel fallen und … Es kann dir noch viel über den Schnee erzählen.

Die Pfahlsitzer von Reykjavík

Vor einiger Zeit saß Herr Johansson auf einer Parkbank am Steg und fütterte die Tauben. Kurz darauf beschloss er, es einem Vogel gleichzutun, ging zum Steg und kletterte auf einen Pfahl. Als er oben war, dachte er sich: „Oh weh! Was bin ich bloß für ein einfältiger Narr. Ich kann doch gar nicht fliegen." Dann blickte er hinunter und ihm wurde arg schwindelig. Seitdem sitzt er dort oben und schämt sich, ob seiner Einfältigkeit.

Und wie er nun regelrecht verloren dort oben ausharrte, kamen viele weitere Personen an dem Steg vorbei und staunten über das Gesehene. Wie der Mensch so ist, taten sie es Herrn Johansson gleich und kletterten ebenfalls auf die Pfähle.

Seit vielen Tagen sitzen sie schon dort. Im Rundfunk und in den Zeitungen berichten sie, die Menschen protestierten gegen den Krieg.

Betrachten Sie diese Geschichte als die Geschichte eines gescheiterten Vogels. Oder als die Geschichte vom tollkühnen Pfahlsitzer Herrn Johansson und einem tollkühnen Volk, das den Frieden herbeisehnt.

Eine kurze Geschichte vom Verschwinden

Herr Richter war ein Mann von 83 Jahren und er lebte seit vielen Jahren mit seiner Frau in einer gemeinsamen Wohnung im Stadtzentrum. Für sein fortgeschrittenes Alter war er noch recht gut zu Fuß unterwegs, machte tagtäglich lange Spaziergänge oder ging mit Freunden und Bekannten in Restaurants und Cafés. Man kann sagen, dass er ein erfülltes, glückliches Leben hatte und alle Dinge mit einem hohen Maß an Würde und Stolz verrichten konnte. Er mochte und schätzte seine Stadt, besonders das geschäftige Treiben auf dem Boulevard, und er verstand, dass sich die Dinge zwangsläufig verändern, dass er die Zeit nicht einfrieren konnte und dass man sich nicht zu sehr an Vergangenes klammern sollte. Aber da gab es diese eine Sache, die ihm doch arg missfiel – das Verschwinden der pastellgelben Telefonhäuschen. Damals standen sie am Straßenrand, winzige Zellen.

Früher hat er sich jeden Tag dort hineingestellt. Und obgleich er durch die Scheiben alles sehen konnte, war er in diesem Zeitraum verschwunden. Er existierte nicht mehr. Er war ohne Zeit und ohne Raum, als hätte man ihn aus einem Gemälde radiert.

Als er noch jung war, erzählten sie sich, dass man in den kleinen Häuschen in die Zukunft reisen könnte, wenn man die Nummernfolge 7, 2, 1 wählen würde. Und es gab immer einen, der jemanden kannte, der wiederum jemanden kannte, dem es angeblich gelungen sei und den man seitdem nie wiedergesehen habe, ihn also auch nie befragen konnte.

Herr Richter hatte allerdings nie großes Interesse daran, in die Zukunft zu reisen, er wollte lediglich in der Gegenwart bleiben, sich bloß für einen kurzen Moment aus seiner Umgebung herausfiltern. Manchmal war ihm die Welt ein bisschen zu viel.

Als im Jahre 1946 staatlich verordnet wurde, dass alle Telefonhäuschen fortan die Farbe Gelb tragen müssen, hat Herr Richter im Alter von neun Jahren seine erste eigene Geschichte geschrieben: die Geschichte von einem Anstreicher, der eine allergische Reaktion auf alle Farben dieser Welt hatte, außer eben auf Gelb. Und da er der einzige Anstreicher im Lande war, nachdem die anderen im Krieg gefallen seien, hätte man diesen Kompromiss gefunden und alle Telefonzellen mussten nun diesem Manne zuliebe gelb gestrichen werden. Er wurde offiziell beauftragt und hat ganz alleine alle Häuschen neu gestrichen. Als er nach vielen Jahren seine Arbeit beendet hatte, war er ein reicher Mann und konnte sich von dem vielen Geld eine Therapie leisten. Danach konnte er endlich wieder alle Farben im gesamten Spektrum wahrnehmen, was für einen Anstreicher äußerst dienlich war. Das Erste, was er dann getan hat – er hat sich eine dunkelgrüne Gießkanne gekauft. Und sie blieb bis heute für ihn das Schönste, das er je besessen hat. Eine grüne Gießkanne. Mehr nicht. So endete die Geschichte.

Herr Richter war damals unsichtbar in diesen Zellen. Nicht so, wie kleine Kinder glauben, dass sie unsichtbar sind, wenn sie sich die Hände vor das Gesicht halten. Nein, er war unsichtbar im Sinne von: nicht existent. Und über alle Zellen in seiner Stadt konnte er eine Anekdote erzählen: der erste Kuss von seinem besten Freund Erik, der seiner Maria dabei aus Versehen auf die Zunge biss, woraufhin diese vor Schreck mit dem Kopf an die Scheibe schlug und ihn dann drei Tage mit Verachtung gestraft hat. Erik und Maria sind jedoch bis heute verheiratet und Herr Richter glaubt fest daran, dass dies nicht geschehen wäre, wenn Erik damals nicht so ein Tollpatsch gewesen wäre. Dann gab es noch die Telefonzelle, die ein bisschen schiefer war als die anderen. Ein großer rundlicher Mann sei beim Telefonieren eingeschlafen und hätte sich dabei an die Scheibe gelehnt, hieß es. Dabei sei das Häuschen immer ein Stücken mehr zur Seite gekippt. Das faszinierendste an den Häuschen waren jedoch die handschriftlichen Wörter und Sätze, die man in den Telefonbüchern fand. Oft waren es nur Namen und Nummern, die man sich während eines Gesprächs auf die Schnelle notieren musste, aber manchmal standen dort auch ganze Sätze und poetische Verse. Manche Leute schienen sich beim Telefonieren zu langweilen und kritzelten dabei Bilder auf die Seiten. Einmal hat Herr Richter ein Buch gefunden, in dem jemand einen ganzen Zoo gezeichnet hatte – Elefanten, Enten, Kamele, … Einmal erschrak er, als er die Zeile las: *Wer das liest, ist doof.* Da wurde er sehr sauer und schrieb: *Wer das geschrieben hat, ist noch doofer.*

Jetzt waren die Telefonhäuschen verschwunden. Und Herr Richter sagte sich, dass dies wohl in Ordnung sei, schließlich war er sich bewusst, dass man gewisse Dinge aus der Vergangenheit nicht mit zu viel Melancholie behaften sollte. Aber das änderte nichts daran, dass sie ihm irgendwie fehlten. Nun, hier könnte die Geschichte zu Ende sein.

Irgendwann jedoch schmiedete Herr Richter einen Plan und so kam es, dass er eines Tages in einem Fachgeschäft für Modelleisenbahnen hunderte Telefonzellen im Miniaturformat kaufte. 30 Millimeter waren sie hoch, winzig klein. Und eines nachts zog er los und verteilte sie in seinem Viertel, stellte sie an Orte, von denen er sich sicher war, dass manche Menschen dort froh wären, wenn sie ein wenig Raum zum Verschwinden hätten. Siebenhunderteinundzwanzig Telefonzellen verstreute er also heimlich in der Stadt.

Belassen wir ihn in dem Glauben, dass man seine Arbeit wahrgenommen hätte, auch wenn viele der kleinen Modelle achtlos unter den Schuhsohlen zerquetscht wurden, weil man sie einfach nicht gesehen hat. Aber eine kleine Zelle, die steht nun in seinem Wohnzimmer. Und immer, wenn ihm danach ist, stellt er sich ganz dicht daneben und verschwindet. Für eine ganz kurze Weile. Einfach so.

Die Zisterne

Auf einer Zisterne, inmitten eines stillgelegten Industriehofes, sitzt ein Vogel. Von einem abgelegenen Fenster aus beobachtet ihn ein kleiner Junge durch sein Fernglas. Das könnte der Anfang einer sehr schönen Geschichte sein. Solch eine Zisterne, der Industriehof, der Vogel, ein Kindlein am Fenster – das wären doch wahrlich poetische Grundlagen. Doch leider kann der Vogel nicht fliegen. Bedauernswert.

Erwartungen

Fast jeden Sonntag sind die beiden gemeinsam ins Museum gegangen. Sein Vater, ein Oberstudienrat am städtischen Gymnasium, wusste recht viel über die einzelnen Bilder und Skulpturen zu erzählen. Er sprach von Linienführung, Komplementärfarben, Kontrasten, Fluchtpunkten und Einflüssen anderer Maler. Sein Sohn nickte zustimmend und hörte den Vorträgen und Kommentaren interessiert zu, denn er hatte gelernt, aufmerksam zu sein und den anderen stets aussprechen zu lassen.

Dann und wann, wenn sie am Frühstückstisch saßen, las der Vater ihm aus dem Feuilleton oder aus Fachzeitschriften vor. Sein Sohn hörte geduldig zu, schien alles regelrecht aufzusaugen, was für einen siebenjährigen Jungen in der Tat recht ungewöhnlich war. Aber er wusste, dass er seinen Vater damit glücklich machte.

Zu seinem achten Geburtstag wünschte er sich ein Buch über Kunstgeschichte und den Nachdruck eines bekannten Gemäldes von Jeff Koons. Den mochte er am meisten. Anschließend hing er das Bild in seinem Zimmer auf und binnen vier Tagen verschlang er das Buch und wusste bald einiges über den Pointillismus, die Expressionisten, Naturalisten und andere Strömungen.

Zehn Jahre später ging der Sohn oftmals alleine ins Museum. Und wenn er die Bilder betrachtete, wusste er den anderen Besuchern viel über Maler und Stilistik zu berichten. Er erzählte von den Epochen, den Merkmalen sowie politischen und gesellschaftlichen Bezügen. Er war ein guter Redner und verstand es, die Menschen mit seinem Wissen zu beeindrucken.

Manchmal dachte er dabei an seinen Vater und stellte sich vor, dass dieser voller Stolz zustimmend nicken würde. Er hat sehr oft an seinen Vater gedacht. Für Kunst hat er sich jedoch nie interessiert.

Das Portrait

Einst saß jemand Tag für Tag mit einer Staffelei auf dem Marktplatz und zeichnete verzerrte Portraits von Touristen – mal war dann das Kinn besonders lang, mal waren es die Ohren oder der Mund. Die Menschen mochten diese lustigen Zeichnungen von sich, kauften sie nur allzu gerne und hingen die Bilder in ihren Wohnzimmern auf.

Irgendwann jedoch fand sich ein zweiter Maler auf dem Marktplatz ein und eröffnete seinen Stand nur wenige Meter weiter. Auch er entwarf surreale Portraits von Passanten und verkaufte sie zu einem günstigen Preis. Dies ging lange gut, beide machten ein lukratives Geschäft und mussten sich keine Sorgen um ihr Überleben machen. Nach einiger Zeit jedoch wollte der erste Maler wissen, wer von beiden der talentiertere Zeichner war. Er nahm also ein wenig Geld beisammen, setzte sich einen Hut und eine große Brille auf, um nicht erkannt zu werden, nahm auf dem Hocker des anderen Malers Platz und ließ sich portraitieren. Als der Maler den Bleistift nach zehn Minuten zur Seite legte und seinem Gegenüber das Bild zeigte, da bekam dieser einen hochroten Kopf und fing an, zu schimpfen. „Um Himmels willen! Nie im Leben habe ich eine so große Nase. Was fällt Ihnen ein?"

Wütend stampfte er davon und ward am Marktplatz nie wiedergesehen.

Nun zeichnet er angeblich Postkarten vom historischen Rathaus, heißt es. Jemand war einst als großer Humorist bekannt. Über sich selbst jedoch konnte er nur sehr wenig lachen.

Ein gewöhnliches Leben

Herr Lohmann galt stets als unauffälliger Mann. Er lebte in einer Reihenhaussiedlung eines kleinen Vororts und arbeitete wochentags als Mechaniker in der benachbarten Großstadt. Seine Freunde, Kollegen und Nachbarn hielten ihn für einen äußerst sympathischen und zufriedenen Menschen. Die Wochenenden verbrachte er mit seiner Frau und den beiden Töchtern. Mal ging er in die Kneipe, um Fußball zu schauen, oder lud seine Freunde zu Grillfesten ein. Auf seinem Speicher stand seit Jahren eine Modelleisenbahn, deren Faszination ihn seit Kindertagen einnahm, und so oft es nur ging, versuchte er, auch seine Kinder für die Miniaturlandschaft zu begeistern. Weiterhin hatte Herr Lohmann keine besonderen Interessen. Man neigt zu sagen, dass er ein recht gewöhnliches Leben führte.

Eines Nachts hatte Herr Lohmann einen seltsamen Traum. Per Brief erhält er eine Vorladung in die städtische Behörde. In dem Schreiben hieß es, er möge doch aus dringlichem Anlasse umgehend bei dem zuständigen Verwaltungsbeamten vorstellig werden. Weitere Informationen gehen aus dem Dokument nicht hervor. Wenig später befindet er sich im Wartesaal des Amtes. Ungeduldig wartet er darauf, dass endlich seine Wartenummer durch die Lautsprecher ertönt. Er sitzt in einem langen Flur mit pastellgrünen Tapeten und verklebtem Linoleumboden. An der Wand billige Nachdrucke von berühmten zeitgenössischen Gemälden, wie man es aus Wartezimmern in Ärztehäusern kennt. Die hellroten Lettern auf der Digitalanzeige zeigen gegenwärtig die Nummer 21 an. Herr Lohmann sieht auf den Zettel in seiner Hand – Nummer 195. Die Stunden verstreichen. Noch immer sitzt er regungslos auf einem Stuhl, liest einige Artikel in der Tageszeitung und ausgewählte Seiten einer Fachzeitschrift. Nach einer gefühlten Ewigkeit leuchtet endlich seine Nummer auf der Anzeige auf. Herr Lohmann richtet seinen Kragen, knöpft den oberen Knopf seines Hemdes zu und streicht die Falten seiner Stoffhose glatt. *Die Nummer 195 bitte an Schalter 4! Die Nummer 195, bitte!*

Einige Augenblicke später findet er sich im Büro der zuständigen Verwaltungsangestellten ein. „Nehmen Sie doch Platz! Entschuldigen Sie die lange Wartezeit! Ich nehme an, Sie können sich vorstellen, warum Sie hier sind?"

Herr Lohmann schüttelt schweigend den Kopf und erzählt anschließend von dem Brief, den er am Morgen im Briefkasten fand. Die Dame blättert in einen großen Aktenordner. „Da haben wir Sie ja schon."

Die Angestellte trägt eine bis zum Kragen zugeknöpfte Bluse. Ihr Blick wirkt entschlossen – nicht streng, vielmehr versöhnlich. „Nun, wir müssen Ihnen mitteilen, dass Sie in der Liste der zehn mittelmäßigsten Menschen der Welt aufgenommen wurden. Das Komitee hat sich letzte Woche beraten und die Entscheidung fiel unter anderem auf Sie."

„Welches Komitee? Und was soll das bedeuten?"

„Mit anderen Worten: Ihr Wesen, Ihre Erscheinung, Ihre Geschichte und Ihre Persönlichkeit sind vollkommen gewöhnlich – möchte sagen banal. Sie entsprechen jeglicher Erwartungshaltung an Ihrer Person und werden keinerlei besonderen Ansprüchen gerecht."

Herr Lohmann wird zunehmend nervös, beginnt langsam, zu schwitzen. Seine Stirn glänzt. „Was soll das bedeuten?", fragt er.

„Wissen Sie, junger Mann, nähere Informationen kann ich Ihnen leider nicht mitteilen. Fest steht, dass das Komitee für Sie gestimmt hat und dass die Entscheidung bis auf Weiteres unwiderruflich ist. Ich wurde lediglich damit beauftragt, Ihnen diese Nachricht zukommen zu lassen. Wenn Sie es genauer wissen wollen: Sie sind auf Platz 8 gelandet. Es gibt sieben Menschen, die noch durchschnittlicher sind, falls Sie das ein wenig beruhigen sollte. Sie bilden den exakten Querschnitt der Weltbevölkerung."

„Wie viele Menschen sind das denn?", fragt er.

„Die aktuelle Weltbevölkerung schätzen wir zum jetzigen Zeitpunkt auf ungefähr 7,1 Milliarden Menschen. Da können Sie natürlich noch einmal eine große Zahl draufrechnen, aber wie gesagt, machen Sie sich keine Sorgen. Die Entscheidung hat keinerlei Konsequenzen für Sie. Es ist nur wichtig, dass Sie es wissen."

„Ist diese Entscheidung endgültig?"

„Es ist lediglich eine Bestandsaufnahme."

Hier endet der Traum. Als er aufwachte, beschloss Herr Lohmann, fortan ein Leben außerhalb jedweder Mittelmäßigkeit zu führen, und nahm sich vor, einiges an seinem Leben zu ändern. Bis heute gilt er noch immer als äußerst sympathische Erscheinung. Aber wenn man von ihm spricht, betont man dabei stets, dass er sich ein wenig verändert habe. Abwesend wirke er, ein wenig bemüht und unbehaglich. Das sei immer das Besondere an ihm gewesen, sagen sie, diese Zufriedenheit.

Nun, dies ist vermutlich eine gewöhnliche Geschichte über einen gewöhnlichen Menschen, der versucht, seiner Gewöhnlichkeit zu entkommen, und bei diesem Bemühen mehr und mehr gewöhnlicher wurde. Dies sei, so sagen seine Freunde, irgendwie traurig, aber gewöhnlich.

Leerstellen

Und dann schenkte ihnen die erwachsene Tochter einen Hund und man war sich einig, dass man mit solch einem Tier nicht recht etwas anzufangen wisse. Aber irgendwann – immer, wenn die beiden morgens beisammensaßen – sprach man über das Tier. Man sprach darüber, dass er viel gegessen habe, dass er erschöpft sei, in letzter Zeit viel draußen war, dass er nun endlich gelernt habe, auf Zuruf Platz zu nehmen, dass sein Fell ein wenig matter geworden sei und dass man mit diesem Tier doch sehr glücklich sei.

Und wenn sie Besuch hatten, dann lag da immer ein gewisser Stolz in der Stimme. Dann stand man gemeinsam vor dem Hund und beobachtete ihn fortwährend. Die Nachbarskinder strichen über seinen Kopf und manchmal stellte er sich dann auf die Hinterbeine und streckte die Pfoten nach vorne. Und nachdem der Hund Jahre später von ihnen ging, war man sich sicher, dass man mit dem Tier ohnehin nicht so recht etwas anzufangen wusste.

Fortan, wenn die beiden nun morgens am Tische saßen, sprach man wieder über andere Dinge. Regnen werde es morgen. Dabei wollte man doch heute die Fenster putzen. Angenehm mild sei es draußen. Und morgen käme doch wieder Besuch.

Jemand

Jemand arbeitete einst als Dachdecker in einem kleinen Meisterbetrieb. Dieser *Jemand* hat während der Arbeit nie viel gesprochen und wurde von den Kollegen für recht einfältig gehalten. Wenn man ihn fragte, was er von der aktuellen politischen Lage hielte, dann schwieg er zumeist. Wenn man ihn fragte, wie viel acht mal sieben ergeben, dann schwieg er zumeist. Und wenn man ihn bat, einen Satz in eine andere Sprache zu übersetzen, ja, auch dann schwieg er zumeist.

Er hat sich zeitlebens nie etwas zu Schulde kommen lassen. Er ging jeden Morgen pünktlich zur Arbeit, erfüllte seine Pflichten, machte freiwillig Überstunden. Dieser Jemand zahlte monatlich seine Rechnungen und kümmerte sich gut um seine Frau und die Kinder. Er hatte Gewohnheiten, trank jeden Morgen zur selben Zeit seinen Kaffee und ging jeden Abend nach Feierabend für eine Stunde auf seinen Speicher und schloss die Türe hinter sich zu. Dieser Jemand starb am 2. Dezember 1983 im Alter von 63 Jahren.

Beim Ausräumen seiner Wohnung fand man auf dem Speicher einen riesengroßen Stapel beschriebener Blätter, auf denen neben kleinen Zeichnungen und Skizzen sowie einigen Notizen und Kritzeleien unfassbar viele Zahlen geschrieben standen. Wenig später warf man die Zettel in einen großen Müllcontainer. Zwei Tage später konnte man in der hiesigen Lokalzeitung eine Todesanzeige lesen. Im Büro des Dachdeckerbetriebs hing ein Zettel an der Türe:

„Wir danken _____ für seine jahrelange, fleißige Hilfe. Er war nicht nur ein bescheidener und ehrlicher Mitarbeiter, sondern auch ein äußerst charismatischer Mensch. Möge er in Frieden ruhen."

Am 10. Dezember 1983 wurde ein neuer Dachdecker im Betrieb eingestellt. Am 13. Januar 1985 kam ein Enkel zur Welt. Am 12. September 1987 wurde zum einundsechzigsten Male der Nobelpreis für Physik vergeben. Am 14. Mai 1990 stellte man fest, dass jemand die Nase doch eindeutig von seinem Großvater geerbt habe. Am 2. Dezember 1993 erinnerte man in einer Kondolenz an den zehnjährigen Todestag eines Dachdeckers.

Beschluss

Einst entschied Herr Lorenz, die Fassade seines Hauses zu streichen, nahm eine Leiter, mehrere Eimer mit weißer Farbe, den großen Pinsel und begann seine Arbeit. Als er nach vielen Stunden fertig war, bestaunte er sein verrichtetes Werk und empfand dieses als äußerst zufriedenstellend. Doch nun, wo die Fassade so schön weiß war, fiel ihm auf, wie beschmutzt und verwittert doch die restlichen Häuser in der Nachbarschaft waren. Und so entschied er sich, auch diese weiß streichen zu wollen.

Nach ungefähr zwei Wochen war sein Werk vollbracht und alle zwölf Häuser der Siedlung erstrahlten in neuem Glanze. Zufrieden setzte er sich auf den Bürgersteig und atmete durch. Doch kaum zur Ruhe gekommen, bemerkte er wie schmutzig doch die Straße und der Gehweg waren, also besorgte er sich erneut unzählbare Eimer weißer Farbe und setzte seine Arbeit fort. Herr Lorenz war jetzt regelrecht in seinem Element und strich im Laufe der Zeit auch noch die Fenster und Türen, die Dächer und Zäune, die Vorgärten mitsamt Gartenzwergen, die parkenden Autos, die Sträucher und Bäume, die Straßenlaternen und all die anderen Dinge, die ihm unter die Augen kamen, weiß. Sogar die Hunde und Nachbarskinder ließ er nicht verschont, so sehr diese sich auch darüber empörten.

Als er nach vielen langen Monaten zur Ruhe kam, warf er einen letzten zufriedenen Blick auf seine Siedlung und beschloss, in sein Haus einzukehren und eine verdiente Pause zu machen. Doch da stellte er zu seiner Verwunderung fest, dass sein Haus verschwunden war. Da die gesamte Umgebung von weißer Farbe bedeckt lag, konnte er nichts und niemanden mehr erkennen.

Folglich entschied er, sich in letzter Konsequenz selbst weiß anzumalen. Zuerst seine Schuhe, dann die restliche Kleidung, sein Gesicht und schließlich seine Hände, bis er am Ende ganz und gar verschwunden war. Und zuletzt hörte man ihn leise flüstern: „Ach, ein bisschen schade ist es ja schon."

Ein feiner Herr

Jemand fasste einst den Entschluss, ein Schriftsteller zu sein. Er ging in ein Schreibwarengeschäft und kaufte sich dort einen Füllfederhalter und ein großes schwarzes Notizbuch. Dann setzte er sich in ein Café, bestellte einen Pfefferminztee und wartete auf Ideen. Ein Schriftsteller ist auf Inspiration angewiesen, dachte er und spitzte die Ohren. Und als ihm nach einigen Stunden bewusst wurde, dass ihm auch mit zunehmenden Bemühungen keine Einfälle kamen, beschloss er, zu verreisen.

Jemand fuhr also in die große Stadt Paris, setzte sich dort auf eine Bank und beobachtete eine Weile lang das hektische Treiben auf dem Marktplatz. Da er noch immer keine guten Ideen hatte, fragte er vereinzelte Passanten, ob sie ihm womöglich eine interessante Geschichte erzählen könnten. Doch leider verstand er die französische Sprache nicht.

Jemand flog also wieder zurück in seine Heimat und als er am nächsten Morgen in den Spiegel blickte, befand er, dass er in keiner Weise einem Schriftsteller ähnelte. Er zog also los und kaufte sich einen knielangen Mantel und einen Filzhut. Er rasierte sich eine Weile nicht mehr, begann, selbstgedrehte Zigaretten zu rauchen und gelegentlich ein Glas Cognac zu trinken.

Jemand ging nun eines Tages mit einer Zeitung unter dem Arm in seinem Viertel spazieren, kehrte im Biergarten ein und klappte sein Notizheft auf. Als die junge Kellnerin ihn begrüßte, da erzählte er ihr, dass er ein Schriftsteller sei. Da nickte sie kurz und sagte, dass sie das schon auf den ersten

Blick erkannt habe und sie sich freue, einen feinen Herrn wie ihn in ihrer bescheidenen Wirtschaft begrüßen zu dürfen. Der Flammkuchen sei leider aus, sagte sie, aber alle anderen Gerichte der Tageskarte seien ebenfalls sehr zu empfehlen. Und als die Kellnerin fortging, kam ihm die Idee für sein erstes Werk. Er schrieb es auf die Rückseite eines Zettels und klebte diesen dann an die Türe des Restaurants: *Mehl, Zwiebeln und Speck einkaufen. Dringlich!*

Lebendige Statue

Und dann war da noch Herr Albrecht – ein Pantomime, der jeden Mittag mattsilbern angemalt in regungsloser Starre als lebendige Statue auf einem Podest in der Altstadt stand. Ständig kamen die Kinder, manchmal auch die Erwachsenen, und versuchten, ihm eine Bewegung oder wenigstens ein deutlich sichtbares Augenzwinkern zu entlocken. Aber Herr Albrecht nahm seinen Beruf sehr ernst, und so war dieses Vorhaben nahezu unmöglich.

Und auch wenn er abends im Kreise seiner Familie bei Tische saß, behielt er viel von dem bei, was die meisten Menschen mit dem Wort Teilnahmslosigkeit beschreiben würden.

Istanbul

Da saß er nun im fortgeschrittenen Alter vor seinem Globus, blickte auf das weitläufige Gebiet der Türkei und fragte sich, warum er diese Stadt bis heute nicht verlassen hatte, um einmal in Ruhe zu verreisen.

Er hatte sich Istanbul immer wie einen alten Greis im Schaukelstuhl vorgestellt. Mit einem Märchenbuch und seinen Enkeln auf dem Schoß. Man hätte ihn fragen können und er hätte vieles erzählen können. Er hätte erzählt, dass es dort nach Mokka und Maronen riecht. Er hätte erzählt, dass es Menschen gibt, die auf die Frage, ob sie den Zustand des absoluten Glücks beschreiben könnten, geantwortet hätten: „Das Glück riecht wie eine Knoblauchzehe." Ohne dass er jemals da gewesen war, konnte er vieles über die Stadt Istanbul erzählen. Von engen Gassen, dem glitzernden Bosporus, den Schiffen, den Möwen, den Cafés und den schnurrbärtigen Maronenhändlern.

Vor einiger Zeit hatte er eine Geschichte über einen Gemüsehändler geschrieben. Dieser Mann war nicht sehr geschäftstüchtig, vielmehr hatte er einige seltsame, jedoch liebenswerte Marotten. Akribisch stapelte er jeden Morgen vor der Öffnung seines Geschäfts die Orangen, Äpfel und Pflaumen zu meterhohen Pyramiden. Ein fragiles Werk. Wie ein Kartenhaus, das jeden Moment zusammenzustürzen schien. Und wann immer ein Kunde kam und eine Frucht vom Stapel nahm, rannte der Gemüsehändler mit hochrotem Kopf und erhobenem Spazierstock nach draußen, fing an, wie ein Rohrspatz zu schimpfen, und wollte wissen, was den Menschen nur einfiele, sein wertvolles Kunstwerk zu zerstören. Missmutig verkaufte er dann sein Obst, die meisten Kunden kamen jedoch nie wieder. Zunächst blieb sein Geschäft leer, aber in allen Reiseführern berichtete man über seine kauzige Art, und so wurde er zu einer kleinen Berühmtheit und irgendwann steinreich.

Nun gibt es also diese Geschichte. Man hat sie weitererzählt und mit der Zeit immer mehr ausgeschmückt. Alle seien sie dort gewesen und hätten ihn gesehen. Sie berichteten von den akkuraten und symmetrischen Auslagen, vom Obst, von den prächtigen Oliven, getrockneten Tomaten, den Feigenblättern und eingelegten Knoblauchzehen. Sie erzählten von seiner zornigen Art, dem roten Kopf, dem schwingenden Spazierstock und den türkischen Schimpfwörtern. Und irgendwann fing er selbst an, zu glauben, dass seine Geschichte stimmen würde. Dass es dort, irgendwo in den Gassen von Istanbul, diesen Gemüsehändler mit einer nahezu besessenen Hingabe für geometrische Strukturen und die altägyptische Architektur gäbe. Und während er vor seinem Globus saß und mit dem Finger über das Schwarze Meer strich, stellte er fest, dass er womöglich schon öfter in Istanbul gewesen war als jemals ein Mensch zuvor.

Und draußen die Welt

Die konturlosen Straßen liegen wie ausgestreckte Zungen in der blasstrüben Landschaft. Drückende Hitze, Betonflimmern. Die Stadt wirkt, als hätte man einen Filter darübergelegt, einen Weichzeichner. Von unserem Haus ausgeschüttetes Putzwasser, das langsam in die Abflussgitter rinnt.

Auf meinem morgendlichen Weg zur Bäckerei, vorbei an den Seitenstraßen mitsamt ihren zahlreichen Kneipen und Geschäften, komme ich an einem Haus vorbei. Dort lebt er – der Mann aus dem Schuhkarton. Fortwährend sitzt er auf einem Stuhl in der Wohnküche und blickt in starrer Haltung in die stets gleiche Richtung. Jeden Morgen passiere ich seine Wohnung im Erdgeschoss. Tüllgardinen, Fahnen und Wimpel des hiesigen Fußballvereins. An jedem Heimspieltag dekoriert er in akribischer Kleinstarbeit sein Fenster, kündigt die Begegnung an, indem er die Namen beider Vereine mit Glasmalfarbe an die Scheiben schreibt. An der Wand eine Schwarzweißfotografie – ein Mannschaftsfoto. Die Bildunterschrift von hier aus nicht erkennbar.

Das Haus, auf den ersten Blick unscheinbar, ist umgeben von Imbissbuden, Trinkhallen und einigen Geschäften. Ein typischer Nachkriegsbau, pragmatisch, symmetrisch, mit niedrigen Decken, einer mattgrünen Fassade und kleinen Fenstern. Balkon auf Balkon wie Schuhkartons aufeinandergestapelt. Vereinzelt Pflanzenkübel, eine Art Miniaturnachbau der hängenden Gärten von Semiramis.

Der Mann aus dem Schuhkarton lässt mich teilhaben an seinem Leben. Durch einen Spalt in den Gardinen kann man beim Vorbeischlendern problemlos einen Blick in seine Wohnung erhaschen. Nun sollte es einem anständigen Menschen fernliegen, seine Nase in Dinge zu stecken, die einen nichts angehen, aber irgendwie gelingt es mir nicht, diese Wohnung zu passieren, ohne nachzuschauen, ob der Mann wieder an seinem gewohnten Platz in der Küche sitzt. Auf dem hellen Holztisch steht eine Kaffeetasse, wie man sie aus Souvenirgeschäften kennt. Azurblau. *Budapest* steht in schwarzen Buchstaben auf dem Porzellan. Ein Andenken womöglich, vielleicht ein kleines Stück *Weißt-du-noch*? Auf seinem Kopf eine zu große und abgenutzte Kordmütze, die tief in sein Gesicht fällt und die Augen verdeckt. Nur seine Nase lugt vorne hervor.

Die immer gleiche Kaffeetasse. Sein Blick in die stets gleiche Richtung. Die Vorhänge offen. Es ist, als wollte er mir eine Geschichte aufzwingen, als wäre die Straße ein Museum und das Fenster zu seiner Wohnung ein Bild, das es zu interpretieren gilt. Als hätte man ihn wie eine Spielfigur in einen Setzkasten gestellt.

Tag für Tag gehe ich an seinem Haus vorbei, schaue ihn an, sehe ihn in seiner Wohnung, die Hände auf dem Küchentisch. Über seinem Spülbecken auf einem einzelnen Regalbrett steht ein Radio. Er blickt ins Leere, so scheint es, doch bei genauer Betrachtung merke ich, dass er auf das alte mattsilberne Gerät mit der krummen Antenne schaut. Höfliche Menschen blicken ihrem Gegenüber während des Zuhörens direkt in die Augen, das haben sie so gelernt. Blickkontakt suggeriert ein Gefühl von Teilhabe. Ganz leise vernehme ich eine vertraute Melodie. *Wir werden niemals auseinandergehen.*

Schuhkartonmenschen – es gibt sie. Vielerorts. Manchmal ist es, als drängten sie sich auf, über sich zu erzählen, als suchten sie jemanden, der in ihnen etwas Besonderes sieht. Aber dieser Mann … Nun, ich vermute, es liegt ihm fern, auch nur einen Gedanken daran zu verschwenden, dass ihn jemand beobachten, geschweige denn eine Geschichte über ihn schreiben würde. Da ist ein Zimmer. Da sind ein Küchentisch und ein Radio. Mehr nicht. Draußen die Welt. Da er aus seiner Perspektive nur die Köpfe der Menschen sehen kann, stellt er sich womöglich vor, dass sie an der Hand eines Mädchens wie kleine Heliumballons vorbeigetragen werden. Womöglich schreibt er genau in diesem Moment eine Geschichte mit dem Titel *Gasballonmenschen.*

Vielleicht sollte ich einfach an seiner Türe klingeln. Womöglich würde er sich sehr über Besuch freuen. Wir könnten Schach spielen, gemeinsam auf das Radio schauen und einen Kaffee aus der blauen Tasse trinken. Das wäre doch schön. Er könnte mir etwas über seine Jugend erzählen, eine Geschichte über sein Leben und die Stadt Budapest.

Was ist denn eine Geschichte? Letztlich doch nur der Versuch, den Dingen einen Ort und eine Zeit zu schenken. Ein persönliches Abwägen zwischen Nichtigkeit und Bedeutung. Eine Suche nach dem passenden Rahmen. Wir erzählen, um nicht zu vergessen. Irgendwann werde ich ihn besuchen, ganz bestimmt. Am nächsten Morgen wird er wieder hier sein, er wird die Fenster dekorieren, sich vor das Radio setzen und die Konferenzschaltung verfolgen. Ich werde klingeln und ihm einen guten Tag wünschen, ihm sagen, dass wir gemeinsam die Spiele verfolgen und den Nachmittag miteinander verbringen könnten, dass ich das Gefühl hätte, er würde sich über ein wenig Gesellschaft freuen. Ich werde ihm einen Schuhkarton mit meinen alten Fußballzeitschriften mitbringen. Und Blumen womöglich. Sie passen ins Bild.

Am nächsten Tag ist die Wohnung ist leer. Auch das Radio ist fort. Auf dem Fensterbrett liegt ein Einkaufszettel. Gemüsezwiebeln, Milch, Blumenkohl. In meiner Hand ein paar Nelken.

Radio

Wenn man sich vom Symptom des gebrochenen Herzens erzählt, dann hat man ein Bild vor Augen. Man vergisst es nicht. Womöglich ist es der Trott, das tagtägliche Weißt-du-noch. Und dann ist da niemand. Er jedoch hat ihr geschworen, stark zu bleiben und für seine Söhne und Enkel da zu sein. Er hat ein gerahmtes Portrait von ihr. Es steht auf dem Regal neben dem Radio. Jeden Morgen erwacht er noch vor dem Sonnenaufgang und kocht Kaffee. Er trinkt aus der nachtblauen Tasse. Dann schlägt er ein Ei auf. Und lächelt. Ein bisschen. Er müsste mal wieder die Blumen gießen. Auf dem Fensterbrett eine Gießkanne. Weiße Gardinen, ein Zinnsoldat. Am Fenster der Kopf eines Mannes. Auf seinem Hut liegt Schnee.

Kranburg

Vor einiger Zeit bekam ich die einmalige Gelegenheit, Bürgermeister unserer Stadt zu werden. Mein Name ist Erik, ich bin 15 Jahre alt und meine Freunde haben diese Stadt gemeinsam mit mir gegründet. Vor einigen Tagen, am 9.1.1982. Wir waren Vorstadtkinder, aufgewachsen in behüteten Elternhäusern, wir haben Bücher gelesen und im Garten gespielt. Wir trugen gebügelte Hemden, hatten gute Noten in der Schule und unser einziger Fluchtpunkt aus dieser Idylle war ein verdammtes Parkhaus. Dann kamen sie, um dieses Parkhaus abzureißen, und errichteten in dem Gebiet eine riesige Baustelle. Die stählerne Abrissbirne vollendete ihren ersten Einschlag am 8.1.1982. Dann stand die Baustelle still. Für zwei Tage sollte sie ruhen. Das wäre unsere Möglichkeit gewesen, den Widerstand zu errichten, die Bastion aufzubauen. „Uns kriegen sie nicht fort", haben wir gesagt. „Wenn sie auch alles dem Erdboden gleichmachen und fortradieren, uns, die Kinder und Jugendlichen, kriegen sie nicht fort. Wir bleiben beharrlich und werden für unsere Stadt kämpfen!"

Dann haben wir den Bauzaun aufgerissen, die Baustelle gestürmt, unsere Fahnen in die Erde gerammt und sind auf das Dach der Parkhausruine geklettert. Als wir auf dem Dach standen, sagte Jakob zu mir: „Erik, du musst bloß auf den Kran klettern und unsere Fahne dort oben hissen. Ganz oben. Dann wirst du befördert. Vom Wachposten zum Bürgermeister. Der Bürgermeister von Kranburg."

Nun, was soll ich sagen? Ich war feige und bin fortgerannt, einfach nur fort. Ohnehin hätte ich am Ende wieder nur einsam als Wachposten am Tor stehen müssen, selbst wenn ich es geschafft hätte. Wer weiß das schon. Das Spiel sollte endlich ein Ende nehmen. Ich bin zu stolz, um bloß der Wachposten zu bleiben, aber zu zurückhaltend, um jemals mehr gefordert zu haben.

Meine Familie und ich, wir ziehen in wenigen Tagen fort von hier. Alles wird gut, hoffe ich. Alles wird sich ändern. Ich bete dafür. Gezeichnet, Wachposten Erik, 13.01.1982

Mein Name ist Jakob. Zwar verblasst mein Gedächtnis zunehmend, aber es gibt diesen einen Tag, der kristallklar vor mir liegt. Jedes Detail ist mir präsent. Der Tag, an dem wir begannen, unsere Kindheit zu verteidigen, an dem wir tapfer und stolz in den Widerstand gezogen sind. Der Tag der Gründung unserer eigenen Stadt. Kranburg.

Kranburg war die kleinste Stadt auf der gesamten Welt. Sie hatte genau fünf Einwohner. Erik, Julia, Peter, Oliver und mich. Diese Stadt wurde inmitten unseres kleinen Vorortes offiziell am 9.1.1982 gegründet. Eigentlich war diese Stadt eine Baustelle. Eine verfluchte normale Baustelle an einem Parkhaus, ein normales Parkhaus am Rande einer gewöhnlichen Wohngegend. Aber dann kamen zuerst die Vermesser, dann die Arbeiter, die Bagger, die Planierraupen und am Ende kamen die Kräne. Es war ein hässliches Parkhaus, so gut wie niemand nutzte es damals. Ein Parkhaus am Stadtrand. Es gab weder ein Einkaufszentrum noch eine größere Sehenswürdigkeit in der Nähe. Früher standen noch viele Fabriken hier, es gab massig Industriestätten und Arbeitsplätze. Doch nun gibt es nur noch die angrenzende Autobahn. Dann und wann verirren sich ein paar Menschen in unseren Vorort, Lastwagenfahrer oder Durchreisende. Und so musste dieses Parkhaus zwangsläufig fort und neuem Wohngebiet weichen. „Das Parkhaus darf nicht fort", haben wir gesagt. „Das Parkhaus ist alles, was uns geblieben ist."

Hier haben wir uns versteckt, wenn wir auf der Flucht vor unseren Vätern waren, haben uns untergestellt, wenn wir vom Bolzplatz kamen und uns der Regen überraschte, hier haben wir uns einmal drei Tage verkrochen, als wir von Zuhause weggerannt sind, das erste Mal ein Mädchen geküsst, das erste Mal billigen Tabak geraucht, Dosenbier getrunken und uns übergeben. Das Parkhaus war wie unser Zuhause. Nicht weil wir hier sicherer waren oder wir uns zuhause nicht wohlgefühlt haben, es ging uns gut, zu gut, aber hier konnten wir Kinder sein. Hier konnten wir dieser ganzen Idylle entfliehen. Schon in der Grundschule haben wir hier Verstecken gespielt, haben Parolen auf Autos geschmiert. Erik haben wir erzählt, man würde einen Rausch davon bekommen, wenn man sich vor den Auspuff hockt und den kalten Ruß vom Blech ableckt. Er war so unfassbar leichtgläubig. Manchmal haben wir Verstecken gespielt, aber gesucht haben wir ihn nicht. Er hielt sich für einen Helden, weil er zu uns gehörte, brüstete sich vor den anderen Kindern damit, dass er Rückhalt und billigen Tabak von uns bekam. Er war unser Wachposten, ein verdammter Wachposten. Wir brauchten ihn. Er war ein Narr, aber immer loyal. Und irgendwie mochten wir ihn.

Dann standen wir vor diesem Parkhaus. Fünf Kinder vor einer Ruine aus Betonpfeilern und Bauschutt. Ich erinnere mich an den Geruch von klammem, feuchtem Steinbeton. Eine ganz leichte Note von Benzin lag noch in der Luft. Ich werde diesen Tag nicht vergessen. Wir sahen auf dem Heimweg von der Schule diesen Bauzaun. Und dann beschlossen wir, unsere Kindheit zu verteidigen. Wir unterschrieben einen Vertrag auf einer herausgerissenen Schulheftseite.

Hiermit beschließen wir, eine Stadt zu gründen. Jakob: Bauaufsicht, Maria: Stadtplanerin, Oliver: Landvermesser, Pe-

ter: Kranführer und Erik: Wachposten. Dies ist die offizielle Gründung der Stadt Kranburg. Wir sind der Widerstand.

Dann haben wir den Draht aufgeschnitten, den Bauzaun geöffnet und sind einmarschiert. Wir haben Fahnen aus altem Stoff in den Boden gerammt und uns auf die Raupenbagger gestürzt. Wir wollten sie demolieren, haben sie mit Steinen und herumliegendem Metall beworfen. Aber Steine sind Steine und Bagger sind eben Bagger. Wir waren Goldgräber, haben mit unseren Schuhen Kieselsteine aus den großen Pfützen geschöpft. Echte Goldgräber. Wir haben das Kieselsteingold in die Luft geworfen und die Botschaft in die Welt geschrien, dass die Welt uns gehöre. Dann haben wir uns zu fünft in die riesige Stahlschaufel eines Baggers gesetzt und Pläne geschmiedet. Das war unser Tag. Wir haben überall mit Kreide unsere Namen hingeschmiert. Wir haben Gebiete vermessen und Landkarten gezeichnet. Wir wollten unser Parkhaus wiederaufbauen, um es als Rathaus neu zu gründen. Das Rathaus von Kranburg. „Dort hinten wird die westliche Stadtgrenze sein", sagte Maria. „Dort am Meer."

Ein Meer, das eigentlich nicht mehr als eine kleine Regenpfütze war, die sich in einer Sandeinbuchtung verbarg. Dann haben wir zu fünft mit ganzer Kraft die am Parkhaus anliegenden Gerüste umgestoßen, bis letztendlich nichts mehr übrigblieb als diese Bauschuttrutsche und der große Container. Wir sind hineingestiegen, durch die Bauschuttrutsche auf die Ruine des Parkhauses geklettert, bis wir irgendwann auf dem Dach standen. Und von hier oben sahen wir unsere neue Stadt. Kranburg – eine riesige Baustelle. Wir blickten hinab auf unsere Bastion. Bagger, Planierraupen, Schutt, Steine, vereinzelte Betonpfeiler und zerstreut auf dem Boden liegende Stahlstangen. Von hier sah es aus, als hätte ein Riese Mikado gespielt. Ein wenig ferner, direkt am Bauzaun, lagen die Baustoffberge. Aufgetürmtes Dämmmaterial, Betonmischmaschinen und ganz hinten die riesigen Kräne.

„Erik, das ist dein Stützpunkt, dein Posten. Wenn du nicht gut Wache hältst, dann schubsen wir dich in die Rutsche. Das willst du doch nicht?"

Erik war verunsichert. Er zitterte.

„Erik, wenn du das durchziehst, dann wirst du befördert. Du musst nur ganz hoch oben auf den Kran klettern. Siehst du die Leiter? Ganz oben musst du unsere Fahne aufhängen. Mehr nicht. Wenn du das schaffst, dann bist du unser Bürgermeister."

Wir wussten damals, dass er es ohnehin nicht getan hätte. Er war ein Feigling, scheute die Gefahr. Und nun, was soll ich sagen … Er hat es getan. Schritt für Schritt ist er hochgestiegen. Mit geschlossenen Augen und seiner immensen Angst. Sprosse für Sprosse, gefühlt endlose Stunden. Bis er irgendwann oben war. Dann hat er die Fahne gehisst und hinuntergeschrien: „Ich bin der verdammte Bürgermeister von Kranburg!"

Er erzählte, er hätte sich dann in das Kranführerhaus gesetzt, nach unten geschaut und sich vor lauter Höhenangst sofort übergeben. Aber er war nun unser Bürgermeister. Ein zitternder Bürgermeister, *aber* ein Bürgermeister. Bürgermeister von Kranburg. Unten sein Volk und er dort oben als Held.

Im Nachhinein wurde mir klar, wie gemein wir zu ihm waren. Erik war ein guter Junge, genügsam, ehrlich, vernünftig. Ich hätte ihn gerne um Verzeihung gebeten. Kinder sind wirklich zu grausamen Dingen fähig. Aber so war es. Diese Geschichte ist alles, was mir, Bauaufseher Jakob, von dieser Zeit in der Erinnerung geblieben ist. Die Geschichte des Widerstands. Die Geschichte einer stolzen Stadt.

Nun, es gibt diese beiden Wahrnehmungen. Sie existieren. Der Brief von Erik und die Erzählung von Jakob. Sie schildern den gleichen Tag, die Gründung der Stadt Kranburg, der vermutlich kleinsten Stadt der Welt. Eine Geschichte des

Ruhms und eine Geschichte des Scheiterns. Über die Schönheit einer Ruine und den beharrlichen Stolz der Jugend. Vielleicht verblendete Industrieromantik, vielleicht ein Gegenentwurf. Aber Kranburg existiert. Ich bin nur der Erzähler dieser Geschichte, aber ich war einmal ein Held. In der Figur des Erik in der Erzählung von Jakob war ich ein Held im Widerstand: der Herr der Kräne.

In der Straßenbahn

In der städtischen Straßenbahn saß einmal eine Dame mittleren Alters und strickte, friedlich dreinblickend, an einer Mütze. Dabei schaute sie aus dem Fenster, aber weder verträumt noch apathisch, wie Menschen das gewöhnlich tun, sondern eben wie eine Dame mittleren Alters, die in einer Straßenbahn an einer Mütze strickt.

Als eine junge Frau sie nach einer guten Verbindung zum Theater fragte, da schwieg sie. Als ihr Ehemann, der neben ihr saß, sie nach ihrem Befinden fragte, da schwieg sie. Als der Schaffner ihre Fahrkarte sehen wollte, da schwieg sie. Als ein herbeigerufener Herr sich nach ihrem Zustand erkundete, da schwieg sie.

In der städtischen Straßenbahn saß einmal eine Dame mittleren Alters und strickte, friedlich dreinblickend, an einer Mütze.

Bordsteintexturen

Ein Klartraum. Bilder im Schlaf. Verschwommenes Bewusstsein. Alles unter dir ist Frost, dein Atem verschwimmt, nicht sichtbar im säuselnden Weiß, denn der Regen ist warm und du läufst durch die Straßen von Prag. Unter dir wird Schnee zu Wasser. Leichte Mädchen pressen sich an deine Haut, fast winselnd nach Gnade, schmiegen sich an deine Wangen und flüstern dir mit ihren roten Lippen zu. Es sind Worte auf Tschechisch, die du nicht verstehst. Doch du musst weiter, denn der Zeiger der Turmuhr tickt und du läufst vorbei an Geschäften und Backstuben mit Fenstern voller Schlieren. Es sieht aus wie ein Sprung im Glas, doch ist nur ein Sprung in der Zeile.

    Worte tropfen wie Regen herab. Die Buchstaben prasseln auf dich nieder, peitschen durch dein Gesicht, dein Blick geht zu Boden auf Bordsteintexturen. Regen legt sich sanft auf Häuserdächer, perlt von den Giebeln auf dein Gesicht, du streichst ihn fort, doch die Schlieren bleiben auf deinen Wangen. Alles glänzt. In den Pfützen am Boden Porträts der Straßenlampen, ihren Kopf behutsam geneigt, sorgenvoll schimmernd, schützend wirkend, reflektiert vom nassen Trottoir. Lichterspiel im schwarzweißen Umfeld, glänzend wie ein schwacher Sonnenstrahl auf dem Trichter einer rostroten Trompete. Du rennst und siehst alles verschwommen. Deine Augen wie Linsen suchend nach Tiefenschärfe. Du läufst durch die Straßen von Prag, blind geführt vom Herzen, das schlägt im Takt des prasselnden Regens. Konturen verschwinden wie Zeit. Die Uhr tickt schneller. Du spürst es irgendwie.

Du folgst nur den nachhallenden Worten und fliehst in den U-Bahn-Schacht. Die Menschen sitzen und lesen. Lichter flackern, die Zeilen zittern. Der Fotoapparat wackelt. Im Fenster dein Abbild, du schaust auf die staubigen Scheiben, und Schlieren sind Zeilen, die bröckeln, und tröpfelnd verlässt du den Bahnhof und ahnst bloß, es geht hier um mehr … Doch du kannst es nicht greifen, schier endlose Schleifen von Bildern in deinem Kopf, die vorüberziehen wie Strommasten an Bahngleisen. Und die Gleise legen sich durch Landschaften wie Zeilen auf Blätter, und die Züge schreiben die Worte, die Menschen nur Lettern. Sie gleiten durch Wälder, an Städten vorbei in die Nacht. Und oben am surrenden Strommast sitzt eine Taube und schaut auf die Erde, sieht, wie die Welt beschrieben wird von Schriftzügen. Diese Bilder rasen tonlos vorbei. Alles ist Schliere. Die Sekunden fliehen, du spürst es irgendwie. Der Schnee ist fast fort und die Farbtropfen plätschern auf das Leinwandgewebe. Du läufst durch die Straßen von Prag. Noch immer unscharfe Bilder, zerbrechliche Konturen, im Himmel verlaufend wie Tinte auf Cellophan. Du hörst diese Stimme in dir und du läufst. Die Menschen wie Felsen, fulminant, den bröckelnden Pfad dir versperrend, auf Bordsteintexturen, die rau sind, nicht glatt, die grau sind und matt. Und der Zeiger erreicht fast sein Ziel. Du spürst es irgendwie. Alles wirkt fragmentarisch und willkürlich aneinandergereiht. Du läufst und läufst und dein Umfeld gleicht einer einzigen Silhouette. Vorbei an Gaststätten und Nachtlokalen. Die Menschen taumeln, torkeln umher. Hemmungslose Besäufnisse. Heute Tanz. Wieder Geruch, duftend wie ein Wort, das du kennst. Du öffnest die Türen des Hotels, vorbei am Empfang, stehst vorm Lift, drückst auf den Knopf und wartest. Die Buchstaben leuchten auf. Türen öffnen sich, du steigst ein, drückst wahllos auf die Zahl 17 und wartest. Im menschengroßen Spiegel des Aufzugs betrachtest du dich, wie du dastehst, ganz nass, wie ein Kaiser mit schmelzender Krone. Und da sind Worte auf Tschechisch, die du nicht verstehst.

Es erklingt das Signal, die Türen schieben sich in aller Ruhe auf und du stehst dort inmitten von Regen auf den atmenden Straßen, du drehst dich um und liest ein Wort, das du nicht verstehst. Doch *Ascenseur* klingt nicht nach Prag. Die Lücken zwischen den Bildern scheinen zu groß zu werden. Der Schnee ist weg und der Boden bebt unter dir. Doch du stehst nur über dem U-Bahn-Schacht. Du gehst und wirst schneller, läufst und läufst auf das Tor zu, spürst die Zeiger im Nacken. Plötzlich, unter all diesen menschlichen Schattierungen, die die Treppen hinaufströmen oder auf Rolltreppen gleiten, ist da dieser Mensch, den du suchst, inmitten schwarzweißer Welten in all seiner Farbigkeit. Und du spürst, wie der Zeiger langsamer wird. Du siehst diesen Menschen, er singt ein Lied vom Regen in Prag. Und du weißt, du liebst diesen Menschen, ihr habt euch gekannt, wart so lange Zeiten so eng verbunden, habt Nächte geteilt, ohne Körper zu tasten. Weil doch so viel auf dem Spiel stand. Doch ihr habt euch gefühlt, im Herzen gefunden, euch so nah berührt, wie es Körper nicht können. Ihr seid Wörter in Zeilen, ihr hört euer Schreien auch ohne ein Wort, das die Lippen verlässt. Das Leben diktiert Zeilensprünge, um Blätter zu füllen, es hat euch getrennt, um entgegen der Gleise und Bordsteintexturen die Zeilen zu schreiben, die euch erfüllen. Die Zeilen zu schreiben, die niemand diktiert. Zeilen, die kleine Habseligkeiten sind. Die alte Zeit, sie würde schon wissen, was sie tut. Und nun seid ihr hier, schaut euch in die Augen, die glänzen und glitzern. Konturen entstehen. Tiefenschärfe lässt das Umfeld verschwimmen und da seid plötzlich nur noch ihr, und ihr könnt jedes Detail erkennen, jedes Farbmolekül ein Glänzen im Matt. Ihr seht euch an und alles wird leise und langsam. Der Ton erlischt. Und plötzlich Schwärze. Rauschen. Das Filmband geschnitten. Das Klingen der Glocken ertönt. Das Licht schimmert durchs Fenster. Du bist wach. Sandige Schlieren auf flimmernder Netzhaut. Du greifst zum Stift und notierst: Distanz ist nur ein Sprung in der Zeile.

Hände

Mehrmals im Monat betrat er das Museum für zeitgenössische Kunst. Er kam immer wieder hierher, stellte sich mit verschränkten Armen vor ein Gemälde von Gerhard Richter und schwieg. Das hat er geliebt, dieses Bild. Woran ich als Erstes denke, wenn ich mir seine Person vor Augen führe, sind seine Hände. Dünne, knochige Finger unter der ledrigen, vernarbten Haut. Seinem Gesichte nach war er nicht mehr als vierzig Jahre alt, doch seine Hände, so hatte man das Gefühl, waren die eines alten Mannes. Unter seinen Fingernägeln leichte Rückstände von getrockneter Ölfarbe. Raue, rissige Hände mit sprödem Nagelbett.

Ein hübsches Bild sei ihm da gelungen, sagte er und zeigte auf das Gemälde von Richter. Er erzählte von den Farben und den Linien und sagte, dass er Wagner beim Malen gehört habe. Dann machte er mit der rechten Hand eine Bewegung, als führte er einen Pinsel, so als zeichnete er zarte Striche auf eine Leinwand. Er schloss die Augen, hielt ein wenig inne und zeigte auf die Farbreste an seinen Fingern.

Jeder wusste, dass dieses Bild von Gerhard Richter stammt. Sein Name war in ein silbernes Schild rechts neben dem Rahmen graviert. Man sagte, der Herr käme öfter hierher. Die einen sagen, er sei ein Trinker, die anderen wiederum glauben, er sei ein verkanntes Genie. Menschen erzählen sich Geschichten. Menschen malen Bilder. Menschen haben Hände.

Gießkannen sind grün

Ich war vier Jahre alt, als wir uns das erste Mal begegneten. Und ich glaube, mich zu erinnern, dass ich ihm damals von meinem großen Lebenstraum berichtet habe. Mein Urgroßvater ist früh gestorben und bis heute weiß ich leider nur allzu wenig über ihn, obwohl meine Mutter mir viel von ihm erzählt hat und sich sicher war, dass wir einiges gemeinsam hatten. Er sei sehr schweigsam gewesen und habe viel geschrieben. Sein Beruf war der eines Uhrmachers. Ich habe seine Zertifikate und Urkunden gesehen. Es muss ein unsagbar faszinierender Beruf gewesen sein. Damals gab es noch diese wertvollen Taschenuhren. In ihnen verbaut – ein winziges Räderwerk, sensibelste Mechanik und sehr viel Arbeitszeit.

Im Keller seines Geschäfts hatte er eine Werkstatt. Er nannte es Atelier, doch heute würde man das nicht mehr sagen, denn ein Atelier steht für Kunst und eine Werkstatt für Handwerk. Aber für ihn war das Uhrenmachen eine Kunst, jedes Exemplar ein Unikat und ein Werk mehrerer Tage. Mit seinen filigranen Händen schraubte er an den fragilen Zifferblättern, den Zahnrädern und Metallstiften. Meine Mutter stand oft wortlos daneben und bewunderte seine innere Ruhe. Mein Urgroßvater war nie wohlhabend, musste mit dem wertvollen Material dementsprechend sorgsam umgehen, durfte mit den kleinen Schräubchen nicht verschwenderisch sein.

Als Kind hatte ich einen großen Traum: Ich wollte Gießkannen herstellen und dann ein Gießkannengeschäft besitzen. Ich habe Gießkannen geliebt. Besonders die grünen. Nun ist viel Zeit verstrichen und ein Gießkannengeschäft besitze ich bis heute nicht. Den Großteil meiner Zeit verbringe ich mit dem Schreiben von Geschichten. Ich weiß nicht, ob dies meine Berufung ist, vielmehr geschieht es aus einem inneren Zwang. Es ist meine Möglichkeit, zu verschwinden, mich für einen gewissen Zeitraum aus der restlichen Welt herauszunehmen. Was mir jedoch immer schwer zu schaffen machte, war der sinnliche Makel der Sprache. Uhren ticken und Gießkannen plätschern. Uhren riechen nach Öl und Leder, Gießkannen nach Plastik, nach Lack oder abgestandenem Wasser. An Uhren liest man die Zeit ab und mit Gießkannen bewässert man die Blumen. Und was sind meine Wörter? Papierblütenstaub. Sie haben keine definierte Funktion, keine klare Bestimmung, keine haptischen und greifbaren Eigenschaften. Ihr Wesen erfasst sich erst in ihrer Vorstellung. Ich kann eine Geschichte schreiben, aber wenn jemand käme und gerne eine Geschichte über eine Gießkanne hören würde, dann müsste ich ihn womöglich enttäuschen, weil seine Gießkanne blau lackiert sein sollte, meine jedoch wäre grün. Zwar kann ich sie sehr bildhaft und detailliert beschreiben, aber sie sind immer grün. Meinst stehen sie in einem Vorhof auf einer Fensterbank. Vor dieser Fensterbank steht eine rostige Schubkarre, gefüllt mit morschem Holz. Eine Frau hängt im Garten ihre Wäsche auf, bevor sie die Blumen und Kräuter gießt. Gießkannen sind grün. Grün sind sie. Blau sind sie selten.

Ich mag die Vorstellung von klar definierten Dingen, und deswegen wollte ich Gießkannenverkäufer werden. Bis heute stelle ich mir manchmal vor, wie die Menschen in mein Geschäft kämen und staunten, welch schöne und seltene Exemplare ich doch besäße. Und schließlich nähmen sie eine mit nach Hause, weil daheim ihre Pflanzen nach Wasser lechzten. Damals habe ich mir vorgestellt, dass mein bester Freund Regenschirmmacher wäre. Und wenn es dann vom

Himmel gösse, weil der Herr im Himmel zu viele Gießkannen bei mir gekauft hätte, liefen die Menschen zu ihm und bewunderten seine farbfrohen, prächtigen Regenschirme. Nun jedoch kann ich von Gießkannen, Regenschirmen und Taschenuhren nur schreiben. Aber ich liebe Geschichten und nehme mir stets viel Zeit dafür.

Mein Urgroßvater hat sich auch viel Zeit für seine Uhren genommen. Seine eigene Uhr hat er nur sehr selten benutzt. Und wenn meine Mutter damals sagte, dass uns etwas Wesentliches vereine, dann unser Gefühl für Zeit und die Behutsamkeit, wie wir mit unserem Material umgehen. Meine Buchstaben können nicht weniger werden, wenn ich sie aufschreibe, aber ich stelle mir das oft vor und scheue mich, die ganz großen Worte zu verwenden, weil man davon nicht viele hat. Frieden ist ein großes Wort. Ich schreibe es nicht sehr häufig, denn ich weiß nicht, wie das geht – Frieden. Scheitern ist auch ein großes Wort.

Lieber Urgroßvater, leider hat der liebe Gott noch keine Gießkanne bei mir gekauft. Mittlerweile weiß ich nicht mehr so recht, ob es ihn überhaupt gibt, aber wenn, dann müsste ich ihn enttäuschen. Ich könnte ihm nur die Vorstellung einer Gießkanne schenken. Meinen Traum von damals habe ich nie realisiert. Nun arbeite ich mit Sprache. Doch ich habe mir fest vorgenommen, das Schreiben stets behutsam anzugehen und die Buchstaben nicht zu verschwenden. Ich werde niemals Geschichten schreiben, bloß um Geschichten zu schreiben. Deine Uhr habe ich noch immer. Gerne hätte ich dir damals zum Abschied eine Gießkanne geschenkt. Hier hast du sie. Ich habe dir eine geschrieben. Der Lack blättert schon etwas ab. Sie ist grün.

BEI LEKTORA ERSCHIENEN

Patrick Salmen
Zwei weitere Winter

Als die Lage der Welt ihn mehr und mehr betrübte, er sie gar für vollkommen schief und entrückt hielt, da fasste Herr Winter einen Entschluss. Er schloss die Türe, machte die Fenster und Vorhänge zu und schaltete das kleine Nachtlicht an. Von diesem Tag an blieb er in seiner Wohnung. Er ließ Fernsehen und Radio aus, und auch die Zeitung verfolgte er nicht mehr. Und immer wenn ihn die Einsamkeit plagte, schrieb er auf ein Blatt Papier: „Die Welt ist schön. Ich bin ein glücklicher Mann."
Als seine Söhne nach Wochen die Aufzeichnungen fanden, vermuteten sie, so glücklich sei wohl noch niemand zugrunde gegangen. Eine seltsame Geschichte.

(Prolog)

„Poetische Screenshots eines Lebens, dem allemal genug Zauber und Zaudern innewohnt, um seiner Verse würdig zu sein. Diese Gedichte hocken unwiderstehlich sanft und traurig an Haltestellen im Niemandsland und warten rauchend und weißweintrinkend auf den Bus."
(Ken Yamamoto)

„Ein wunderbarer Band voller melancholischer Gedichte, die zu lesen heilt wie ein Sonntag mit dem besten Freund."
(Enno Bunger)

ISBN 978-3-95461-102-7
13,90 Euro

www.lektora.de/shop